ALEXANDRA IVY
LAURA WRIGHT

BAYOU HEAT

BAYON & JEAN-BAPTISTE

Deutsche Erstausgabe

WILHELM HEYNE VERLAG
MÜNCHEN

Titel der amerikanischen Originalausgabe
BAYOU HEAT – BAYON/JEAN-BAPTISTE
Deutsche Übersetzung von Cornelia Röser

MIX
Papier aus verantwortungsvollen Quellen
FSC® C014496

Verlagsgruppe Random House FSC® N001967
Das für dieses Buch verwendete FSC®-zertifizierte Papier
Salzer Alpin wird produziert von UPM, Schongau
und geliefert von Salzer Papier, St. Pölten, Austria.

Deutsche Erstausgabe 07/2015
Redaktion: Anna Katharina Gruber

Printed in Germany 2015
Umschlaggestaltung: Nele Schütz Design, München,
unter der Verwendung von thinkstock / iStock /inarik
Satz: Greiner & Reichel, Köln
Druck und Bindung: GGP Media GmbH, Pößneck

ISBN 978-3-453-31624-9

Die Sage von Opela und Shakpi

Tief unter dem Bayou regte sich Shakpi in ihrem dunklen Gefängnis. Jahrhundertelang war sie unter dem erdrückenden Gewicht der Magie gefangen gewesen, dem letzten Geschenk ihrer Schwester Opela an ihre geliebten Pantera.

Eine uralte Wut wallte in ihr auf, deren Druckwellen das Land über ihr erschütterten. An allem waren nur diese verdammten Pumas schuld.

Am Anfang hatte es nur sie und Opela gegeben. Zwillingsschwestern, geboren aus Magie, die dazu bestimmt waren, über die Welt zu herrschen. Sie hatten alles gemeinsam gemacht und niemand anderen gebraucht.

Dann wurde Opelas Kinderwunsch übermächtig. Sie behauptete, das Dasein hätte keinen Sinn, wenn sie ihre Liebe nicht ihren eigenen Geschöpfen schenken konnte. Ohne an jemand anderen als sich selbst zu denken, erschuf Opela eine neue Spezies – die Pantera – die sie als ihre Kinder betrachtete.

Shakpi hatte alles in ihrer Macht Stehende getan, um ihre Schwester davon abzuhalten. Sie hatten doch einander. Wozu brauchten sie jemand anderen? Aber Opela hatte nicht auf ihre Bitten gehört und stattdessen die Pantera mit all ihrer Liebe und Hingabe überschüttet.

Von Neid zerfressen, hatte Shakpi geplant, diese Monstren umzubringen. Sterbliche Wesen waren nicht dazu bestimmt, mit Opelas Magie gesegnet zu werden. Auch sollten sie nicht die Fähigkeit besitzen, sich in Pumas zu verwandeln. Sie waren eine Abscheulichkeit, die vernichtet werden musste.

Shakpi war zuversichtlich gewesen, dass ihre Schwester Verständnis für ihren Wunsch haben würde, zu ihrem früheren Leben zurückzukehren – einem Leben, in dem sie beide glücklich gewesen waren. Zusammen.

Für die Zerstörung geboren, konnte sie selbst keine Kinder erschaffen, die sie als Werkzeuge für ihre Rache hätte benutzen können. Stattdessen infizierte sie Menschen mit ihrem bösartigen Gift und gab ihnen die Macht, es in den Bayous zu verbreiten. So sollten sie die Magie zerstören, die den Pantera ihre Macht verlieh.

Wie hätte sie ahnen können, dass ihre Schwester das höchste aller Opfer bringen würde? Dass Opela ihre eigene Lebenskraft einsetzen würde, um Shakpi in diesem Grab gefangen zu halten und ihre Kinder zu schützen?

Aber sie hatte Shakpi unterschätzt.

Nach Jahrhunderten der Gefangenschaft drangen ihre Fangarme nun endlich über die Grenzen ihres Gefängnisses hinaus und erreichten die Schwachen, die Verzweifelten und die Gierigen.

Ihre Infektion breitete sich aus, und diesmal würde sie nichts daran hindern, ihre Feinde zu zerstören …

ERSTES BUCH

Bayon

von
Alexandra Ivy

1

Die Wildlands in den Tiefen der Bayous von Louisiana waren nie ein friedlicher Ort gewesen.

Das magische Land der Pantera war von Puma-Gestaltwandlern bevölkert, die nicht nur die volle Aggressivität ihrer Tierwesen in sich trugen, sondern auch die unbeständigen Gefühle der Menschen. Eine solche Kombination führte zu reichlich Leidenschaft und Konflikten, und so war im Laufe der Jahrhunderte nicht gerade wenig Blut geflossen.

Aber noch nie zuvor hatten Feinde durch die Grenzen der Wildlands schlüpfen können, um die Pantera direkt anzugreifen.

Während sich unter den versammelten Pantera noch Wellen des Entsetzens ausbreiteten, rannte Bayon zur Grenze ihres Territoriums. Raphael war bei seiner schwangeren Gefährtin Ashe geblieben, ihm konnte er nicht helfen. Er hatte nicht das Talent, Ashe zu heilen oder das geheimnisvolle Böse zu bekämpfen, das versuchte, das Baby in ihrem Bauch zu vernichten.

Bayon war ein Jäger. Ein großer Mann mit golden schimmernden Haaren, dessen Augen bei Erregung zwischen Grün und tief Golden changierten und der die festen Muskeln eines Kriegers hatte. Sein Talent lag darin, diese Schweine, die es gewagt hatten, in seine Heimat einzudringen, zu fangen und zu vernichten.

Gut, zuerst würde er sie foltern. Langsam. Qualvoll. Er musste erfahren, wer sie waren und ob sie wirklich Anhänger von Shakpi, der Erzfeindin der Pantera waren.

Vorher allerdings musste er seinen derzeitigen Auftrag für Raphael erledigen.

Als er sich dem stellenweise von Trauerweiden verborgenen Wohnhaus näherte, verlangsamte er sein rasantes Tempo.

Die meisten Pantera zogen es vor, mit ihren jeweiligen Fraktionen in der Hauptgemeinde zu leben. Da gab es die Diplomaten, die sich mit allen politischen Angelegenheiten befassten, darunter auch das Netzwerk von Spionen und die Geeks, die ihre Magie mittels Computern ausübten. Es gab die Versorger, die eine der besten medizinischen Einrichtungen der Welt aufgebaut hatten, um die Ursache für den Verlust der Fortpflanzungsfähigkeit bei den Pantera zu erforschen. Außerdem gab es die Ältesten, die obersten Herrscher und spirituellen Führer dieser magischen Spezies der Puma-Gestaltwandler.

Und dann gab es noch die Jäger.

Die Krieger, die alles daransetzten, ihr Volk zu beschützen.

Aber es gab auch Pantera, die die Einsamkeit suchten.

Parish, der Anführer der Jäger, hatte in Höhlen am anderen Ende der Wildlands gelebt, nachdem Menschen seine Schwester umgebracht hatten. Alle hatten Verständnis für sein Bedürfnis gehabt, ungestört zu trauern.

Was Jean-Baptiste, einen ihrer besten Heiler, dazu gebracht hatte, sich von seiner Familie abzuschotten und so weit von allen anderen entfernt zu leben, wusste Bayon nicht. Und er hatte nicht vor, ihn danach zu fragen. Pantera lebten zwar in einer eng verwobenen Gemeinschaft, aber das bedeutete vor allem, dass es klare Grenzen in Sachen Privatsphäre geben musste. Wer seine Nase in fremde Angelegenheiten steckte, musste damit rechnen, dass sie ihm abgebissen wurde.

Mit einem Satz sprang Bayon auf die umlaufende Veranda vor Jean-Baptistes Holzhaus und hämmerte mit der Faust gegen die schwere Holztür. Als niemand öffnete, zog er ein finsteres Gesicht.

Verdammt. Er wusste, dass Jean-Baptiste zu Hause war.

Also warum zum Geier ignorierte er ihn?

»Jean-Baptiste«, knurrte er, seine Stimme scharf vor Ungeduld. Er hatte keine Zeit für solchen Mist. »Ich weiß, dass du da bist. Mach die scheiß Tür auf.«

Eine Reihe hässlicher Verwünschungen hallte durch das Haus, bevor die Tür aufgerissen wurde und ein Pantera-Mann vor ihm stand. Er war über eins achtzig groß und hatte dunkelbraune, kinnlange Haare, und Augen in einem eigentümlichen Bernsteinton. Wie Bayon trug er verwaschene Jeans und derbe Kampfstiefel, und über seinem schlanken, muskulösen Oberkörper spannte sich ein weißes T-Shirt. Anders als Bayon trug er eine schwere Lederjacke, unter der sich die zahlreichen Tätowierungen verbargen, die Bayon bisher nur aus der Ferne gesehen hattc. Oh, und er hatte die Art Piercings, mit denen er aussah, als würde er zu einer Motorradgang gehören, nicht in ein Krankenhaus.

»Verdammt, was ist?«, fauchte Jean-Baptiste.

»Du wirst gebraucht.«

Die bernsteinfarbenen Augen verengten sich. »Warum?«

Bayon ballte die Fäuste, immer noch pulsierte blanke Wut in seinem Körper »Raphaels Gefährtin wurde angegriffen.«

Offenbar waren die Neuigkeiten noch nicht bis zu dem Heiler vorgedrungen. »Wo?«

»Hier. In den Wildlands.«

Vor Schreck über Bayons unverblümte Erklärung, zuckte Jean-Baptiste zusammen. Wütende Ungläubigkeit knisterte in der Luft.

»Unmöglich.«

Jean-Baptiste hatte recht, es hätte unmöglich sein müssen.

Und das machte Bayon nur noch wütender.

»Tja, das kannst du ja Ashe erklären.«

Eine lange Stille entstand, während Jean-Baptiste Mühe hatte, dieses beispiellose Ereignis zu begreifen.

»Wann ist es passiert?«

»Bei der Jagd.«

Jean-Baptiste kam auf die Veranda und lief mit

grimmiger Miene auf den Holzbohlen auf und ab. Offensichtlich hegte er düstere Gedanken.

»Wer würde es wagen, in die Wildlands einzudringen?«

Bayon zog die Lippen kraus und bleckte seine Reißzähne. »Das gedenke ich herauszufinden. Aber erst will Raphael dich im Krankenhaus sehen.«

Jean-Baptiste blieb abrupt stehen, seine Kieferpartie verspannte sich. »Falls es deiner Aufmerksamkeit entgangen ist, *mon ami*, ich bin nicht im Dienst.«

»Zu schade«, sagte Bayon, der nicht in der Stimmung war, die Gefühle seines Freundes mit Samthandschuhen anzufassen. Was dieser Kerl auch für ein Problem hatte, er würde es verdammt noch mal auf Eis legen müssen. Nichts war wichtiger, als Ashe und ihr Baby zu retten. »Du wirst gebraucht.«

In den bernsteinfarbenen Augen glühte die Kraft seines Pumas. »Nein.«

Bayon trat auf ihn zu. Er war einer der wenigen Pantera, die keine Angst vor dem Gebiss dieses Mannes hatten. »Hör mal, ich weiß ja nicht, was dir für eine Laus über die Leber gelaufen ist …«

»Es gibt andere Heiler, die besser geeignet sind, um einen Menschen zu behandeln«, fuhr Jean-Baptiste ihn an.

Bayon wich keinen Schritt zurück. »Raphael braucht nicht deine Heilkünste.«

Sein Freund verharrte reglos. »Was dann?«

»Sie spüren, dass etwas von Ashe Besitz ergreifen will. Oder von dem Baby«, erklärte er. »Du musst nach New Orleans gehen und einen Talisman finden, der das Böse abhält, bis wir den Ursprung des Angriffs ausmachen können.«

»Scheiße.« Der Heiler zog eine Grimasse und fuhr sich durch die Haare. Er wusste, dass er diese Aufgabe nicht ablehnen konnte. Von der Rettung des Babys konnte ihre ganze Zukunft abhängen. »Sag ihm, ich …«

»Sag es ihm selbst. Ich bin ein Jäger, kein beschissener Kurier«, knurrte Bayon, während er bereits zum Rand der Veranda ging und über einen dichten Strauch gelber Teichrosen sprang.

Als er den Boden berührte, hatte er sich schon in seine Pumagestalt verwandelt, und die aufwallende Magie, die ihn durchfuhr, ließ sein Herz vor Freude höher schlagen.

Sein Brüllen hallte durch die schwere, feuchte Luft. *Mère de dieu.* Es gab nichts Berauschenderes, als das Tier in ihm zur Jagd loszulassen. Er bleckte seine gewaltigen Zähne, als sein Puma ihn an eine Sache erinnerte, die noch berauschender war.

Heißer, wilder Sex, bei dem die Frau vor Lust schrie.

Nein. Nicht irgendeine Frau.

Die *richtige* Frau.

Etwas, das ihm viel zu lange verwehrt geblieben war.

Mit einem ungeduldigen Kopfschütteln verscheuchte er den schmerzlichen Gedanken. Jetzt war nicht der richtige Zeitpunkt.

Er rannte leichtfüßig über den sumpfigen Boden

und suchte mit seinen scharfen Sinnen nach Spuren der Eindringlinge, fand jedoch nichts, bis er an den schmalen Fluss kam, auf dem Ashe angegriffen worden war. Er stieß ein tiefes, kehliges Knurren aus, als er den säuerlichen Geruch der Eindringlinge witterte und dem Gestank zum Rand ihres Territoriums folgte.

Entweder hatten die Eindringlinge unverschämtes Glück gehabt und waren direkt nach dem Betreten der Wildlands über genau die Person gestolpert, die sie hatten umbringen wollen, oder sie hatten eine Möglichkeit gehabt, sie zu verfolgen.

Magie? Oder eine profanere, menschliche Technik?

Er nahm sich vor, Ashe nach einem Peilsender absuchen zu lassen, der klein genug war, um unter ihrer Haut versteckt zu werden. Raphael hatte gesagt, sie wäre kurz vor der ersten Attacke der Fremden bei einem Arzt gewesen.

Wie leicht hätte ihr der Mediziner ohne ihr Wissen einen Sender einsetzen können.

Als er spürte, dass Parish sich ihm näherte, nahm Bayon widerstrebend wieder seine Menschengestalt an und richtete sich auf, während er den glänzend schiefergrauen Puma auf sich zukommen sah. Begleitet von einem magischen Schimmer verwandelte Parish sich in einen Menschen von über einem Meter achtzig, mit breiten Schultern und langem, tiefschwarzem Haar. Sein kantiges Gesicht verriet sein raubtierhaftes Wesen, was durch die beiden verheilten Narben an seinem Mund und dem rechten Ohr noch stärker betont wurde.

»Hier sind sie über die Grenze gekommen«, fauchte Parish, der noch wilder aussah als üblich. Gemeinsam untersuchten sie eine Lücke zwischen den Zypressen, durch die die Angreifer in die Wildlands gelangt waren. »Verdammt, ich hätte gründlicher suchen müssen. Schon seit Jahren spüren wir die wachsende Bedrohung.«

Bayon schüttelte den Kopf. Der Anführer der Jäger war zu sich selbst ebenso hart wie zu seinen Kriegern.

Sogar noch härter.

Parish hatte sich nie verziehen, dass seine Schwester gestorben war.

Vielleicht würde er jetzt, nachdem er endlich seine Gefährtin gefunden hatte, ein wenig Frieden finden.

»Ja, wir haben etwas gespürt. Aber bis vor Kurzem hatten wir keinen konkreten Beweis«, bemerkte Bayon. »Wir hätten nichts dagegen tun können, Parish.«

»Die Vergangenheit kann ich nicht ändern, die Zukunft schon.« Parish deutete mit dem Kopf auf die beiden großen Pumas, die leise durch das dichte Laub glitten. »Bis auf Weiteres werden die Wachen verdoppelt.«

Bayon ging in die Hocke und witterte den sauren Geruch der Eindringlinge. Seine Nackenhaare richteten sich auf.

»Wie konnten sie die magische Grenze durchdringen?«, wollte Bayon wissen.

»Das wirst du herausfinden.«

Allerdings würde er das. Bayon hatte nicht vor,

ohne Antworten zurückzukehren. »Ich brauche meine Waffen.«

Parish nickte. »Willst du Verstärkung mitnehmen? Ich kann dir Talon schicken.«

Bayon kniff die Augen zusammen. »Willst du mich beleidigen?«

»Wir können das Ausmaß der Gefahr nicht einschätzen«, rief ihm Parish ins Gedächtnis, seine Züge waren wie aus Granit gemeißelt. »Wenn es wirklich das Werk der uralten bösen Macht ist, wie wir befürchten, können wir es uns nicht leisten, weitere Risiken einzugehen.«

Bayon erzitterte.

Jeder Pantera war mit der Geschichte der beiden Zwillingsschwestern aufgewachsen, die die Wildlands erschaffen hatten. Opela war die Mutter aller Pantera, doch ihre Schwester Shakpi war eifersüchtig auf Opelas Liebe zu ihren Kindern geworden. Mithilfe ihrer Anhänger unter den Menschen, die sie mit ihrer Bösartigkeit verdorben hatte, versuchte sie die Pantera zu vernichten. Letztendlich war Opela keine andere Wahl geblieben, als ihre Schwester einzusperren.

War es möglich, dass Shakpi tatsächlich noch am Leben war? Dass sie versuchte, sich aus ihrem geheimnisvollen Gefängnis zu befreien? Dass das Böse in ihr vielleicht sogar schon in die Welt vorgedrungen war?

Seine Gedanken scheuten vor dieser Möglichkeit zurück. Er musste sich darauf konzentrieren, die Schweine zu finden, die Ashe und ihr Baby verletzt hatten.

Die potenzielle Bedrohung durch eine bösartige, auf Rache sinnende Göttin überließ er den Ältesten.

»Ich werde keine Risiken eingehen«, murmelte er und hob die Hände, als Parish ihn mit ernster Miene betrachtete. »Ich schwöre.«

»Also gut. Bleib in Kontakt.«

»*Aye, aye, Captain.*« Bayon drehte sich um und wollte sich auf den Weg zu den Räumlichkeiten machen, die er zusammen mit seinen Jägerkollegen bewohnte. Doch bevor er loslaufen konnte, stand Parish vor ihm.

»Bayon.«

»Was?«

»Ich weiß, es macht dir Spaß, die Grenzen meiner Geduld auszutesten, indem du dein eigenes Ding durchziehst«, warnte ihn der Pantera. »Wenn ich nichts von dir höre, komme ich dich suchen und mach dir die Hölle heiß.«

»Ich werde anrufen.« Bayon verdrehte die Augen. »Großes Indianerehrenwort.«

Keira wusste nicht, wie lange sie schon in diesem Käfig auf dem stickigen Dachboden eingesperrt war.

Zu Beginn ihrer Gefangenschaft hatte sie die Anzahl der verstreichenden Tage mit einem Stein in den Boden geritzt, weil sie irgendetwas brauchte, um bei Verstand zu bleiben.

Doch aus den Tagen wurden Wochen und dann Monate und dann endlose Jahre, und so verlor sie jedes Gefühl für die ihr entgleitende Zeit.

Sie wusste, dass es nicht ihr erstes Gefängnis war. Vage erinnerte sie sich daran, dass sie zwischen grauen Zementblöcken aufgewacht war, die sie in einem unterirdischen Versteck umgeben hatten. Darauf war ein enger, vollgestellter Raum gefolgt, den sie für einen Lagerschuppen gehalten hatte, und dann ein Rübenkeller, in dem es nach feuchter Erde und fauligen Kartoffeln gestunken hatte.

Es hatte noch weitere gegeben, doch ihre Erinnerungen waren so verworren, dass es ihr nicht gelang sie zu ordnen.

Sie waren wie sie selbst. Zerbrochen. Zersplittert. Zum Teil irreparabel zerstört.

An den meisten Tagen wusste sie ihren Namen. Keira. Keira Montreuil. Sie wiederholte ihn immer und immer wieder in dem verzweifelten Versuch, sich an ihr früheres Leben zu klammern.

Und sie wusste, dass sie eine Pantera war, obwohl sie keinen Kontakt zu ihrem Puma herstellen konnte, so verzweifelt sie es auch versuchte.

Doch davon abgesehen war ihr Leben ein einziger verschwommener Fleck, gelegentlich durchdrungen von den Besuchen ihrer Entführer, die ihr etwas zu essen brachten.

Wenn man vom Teufel sprach …

Sie konnte ihn riechen, noch bevor er die Treppe zum Dachboden hinaufstieg.

Der ranzige, saure Gestank, der auf ihre Sinne eindrang, ließ sie vor Ekel würgen.

Unter großer Anstrengung stand sie auf. Sie fühlte sich ständig lethargisch, egal wie viel sie aß oder schlief, weshalb sie überzeugt war, dass sie irgendwie geschwächt wurde. Im Verdacht hatte sie das Metallhalsband, das sie trug. Ihre Entführer versetzten ihr damit Stromstöße, wenn sie sie bestrafen wollten. Doch sie vermutete, dass etwas im Material des Halsbands ihr die Kräfte raubte.

Wie sonst hätte man sie hier festhalten können?

Ein Käfig, so solide er auch gebaut sein mochte, konnte sie nicht aufhalten. Nicht, wenn sie ganz bei Kräften war.

Und auch der Dachboden hätte sie nicht aufhalten können.

Das Fenster, das auf einen kleinen Garten hinausging, war zwar schmal, aber sie hätte sich leicht hindurchzwängen können. Und als letzten Ausweg hätte sie sich auf den Stapel staubiger Kartons stellen und die vergammelten Dachziegel durchstoßen können.

Aber sie war nicht ganz bei Kräften.

Man hatte sie ihr geraubt, wie man ihr auch die tröstliche Nähe ihres Pumas geraubt hatte.

Dabei spielte es keine Rolle, ob es die Wirkung des Metallhalsbands, ein Gift oder ein magischer Fluch war, sie fühlte sich so ausgeliefert und beschämend verletzlich, dass sie sich am liebsten in einer Ecke verkrochen hätte.

Stattdessen stand sie in der Mitte ihres Käfigs, als der Menschenmann über die verzogenen Bodendielen schritt und ihr ein Tablett mit Brei, der wohl als etwas zu essen durchgehen sollte, durch einen kleinen Schlitz in der Tür schob. Grimmig fing Keira das Tablett auf, bevor es herunterfiel. Dieser Fraß schmeckte schon schlimm genug, wenn sie ihn nicht vom Boden essen musste.

Der Mann grinste selbstgefällig. Seine braunen Haare waren fettig, und sein Gesicht hätte eine Rasur vertragen können. Er trug Jeans und ein Flanellhemd, das immer aussah, als müsste es mal gewaschen werden. In seinen schlammbraunen Augen allerdings lag eine gerissene Intelligenz, und in seinem Blick, der langsam an ihrem schlanken Körper hinabglitt, sah sie einen sadistischen Hunger.

Dank des altmodischen Standspiegels in einer Ecke des Dachbodens wusste sie genau, was er sah. Glattes, dunkles Haar, das ihr, zu einem Zopf zusammengebunden, bis über die Schulterblätter hing; Augen in einem matten Gelb; feine Gesichtszüge; vom mangelnden Sonnenlicht bleiche Haut und ein geschmeidiger, zu magerer Körper, der nur mit einer Trainingshose und einem passenden Sport-BH bekleidet war.

»Wie geht's meinem kleinen Miezekätzchen heute?«, fragte der Mann höhnisch. Sie kannte seinen Namen nicht. Warum auch? Er war nur einer in einer langen Reihe von Peinigern, die sie hatte ertragen müssen. Aber insgeheim nannte sie ihn *das Frettchen.* »Bist du bereit, für Daddy zu schnurren?«

Nachdem sie das Tablett auf der schmalen Pritsche abgestellt hatte, die neben dem kleinen Fernseher die einzige Möblierung ihrer Zelle war, wandte sie sich mit einem spöttischen Lächeln wieder an den Mann. Sie wusste nicht, warum es ihr so wichtig war, sich gegen ihre Bewacher zur Wehr zu setzen. Sie saß wie eine Ratte in der Falle. Hilflos. Verlassen. Und jeder Tag brachte sie näher an den Rand des Wahnsinns.

Warum also?

Aber irgendein sturer, rebellischer Teil von ihr weigerte sich, diese Niederlage anzuerkennen.

Sie würde dem Schicksal ins Gesicht spucken, bis der Wahnsinn sie vollends verschlang.

»Komm und hol's dir, Arschloch«, höhnte sie.

Er leckte sich bedächtig die Lippen. »Eines Tages.«

Diese Drohung hörte sie ständig, aber bisher hatte es keine sexuellen Übergriffe gegeben.

Noch nicht.

Keira wusste nicht, warum. Sie hatten sie auf jede andere Art gedemütigt, beschämt, geschmäht. Aber falls es noch zu sexuellen Übergriffen kommen sollte, hoffte sie von ganzem Herzen, dass ihr Glück anhielt und sie bis dahin zu verrückt geworden war, um noch etwas davon mitzubekommen.

Sie stieß verächtlich die Luft aus. »Dafür bist du nicht Manns genug«, gab sie dann zurück.

»Böse Miezekatze.« Der Mistkerl berührte das Armband an seinem Handgelenk und jagte damit einen Stromstoß durch Keiras Halsband. Sie zischte, als ihr Herz unter Schmerzen einen Schlag aussetzte. »Aber keine Sorge, du wirst nicht mehr lange in deinem Käfig sein.«

Keira runzelte die Stirn. »Warum nicht?«

»Die Nachricht sickert allmählich nach unten durch. Endlich ist unsere Zeit gekommen.«

»Eure Zeit? Du klingst wie ein schlechter Superschurke.«

Das Frettchen trat einen Schritt auf sie zu. In seinen Augen glitzerte fieberhafte Begierde. »Wenn wir dich nicht mehr brauchen, wirst du nicht mehr annähernd so witzig sein. Dann ficke ich dich nämlich bis du tot bist.«

Ihr Lächeln blieb ungerührt, doch eine ekelerregende Angst schnürte ihr den Magen zu. In seiner Stimme lag eine selbstgefällige Großspurigkeit, die ihr sagte, dass es diesmal keine leere Drohung war.

Er war sich wirklich sicher, sie bald in die Finger zu kriegen.

Scheiße. Scheiße. Scheiße.

»Mit diesem winzigen Schwanz?« Sie neigte das Kinn, um ihm ihre Angst nicht zu zeigen. »Wenn ich schon gefickt werden soll, dann schickt dafür wenigstens einen Mann.«

»Du Miststück.«

Er betätigte den Knopf, der die Stromschläge in ihrem Halsband auslöste. Doch diesmal hielt er ihn gedrückt und jagte einen Stromstoß nach dem anderen durch ihren Körper. Zähneknirschend fiel Keira auf die Knie. Heilige Scheiße. Sie war zu weit gegangen. Das Schwein würde sie umbringen.

Ihr Kopf hing herab, und ihr Geist verlor sich im Dunkel, als durch die Tür am Fuße der Treppe der Klang einer Männerstimme drang.

»Roger.«

Roger? Trotz der brennenden Qualen in ihren starren Muskeln, zuckten ihre Lippen. Er hieß Roger?

Frettchen passte besser zu ihm.

Der Mann murmelte einen Fluch, und ihre Schmerzen brachen abrupt ab. »Was?«

»Besprechung.«

»Schon wieder?«, rief das Frettchen. »Worum zum Geier geht es diesmal?«

»Ich habe sie nicht einberufen«, murrte sein Kumpel. »Wir brechen in zehn Minuten auf.«

Das Frettchen trat dicht vor die Gitterstäbe von Keiras Zelle, sein Gestank machte ihr Elend nur noch schlimmer.

»Vielleicht gibt es gute Neuigkeiten. Vielleicht gehen wir an die Öffentlichkeit, und ich kann dich endlich flachlegen, wie du es verdient hast.«

Lachend wandte er sich ab und verließ den Dachboden, und Keira konnte einen tiefen, reinigenden Atemzug nehmen, während sie gegen den Nebel in ihrem Kopf ankämpfte.

»Pass auf, was du dir wünschst, Arschloch«, flüsterte sie, die Finger an ihre pochenden Schläfen gepresst.

Auf den Knien wartete sie, bis die Übelkeit vorüberging. Sie ertrug die Zeit, indem sie sich die verschiedenen Möglichkeiten ausmalte, wie sie das Frettchen töten würde, wenn der Typ dumm genug wäre, ihre Zellentür zu öffnen.

Ihm das Genick zu brechen wäre die effizienteste

Methode, aber das war ein viel zu sauberer Tod für diese abscheuliche Kreatur. Es sollte langsam sein und ihm größtmögliche Schmerzen bereiten.

Eine Stunde verging. Dann zwei. Langsam wurde es dunkel auf dem Dachboden, und sie rollte sich auf dem Boden vorsichtig zu einer kleinen Kugel zusammen. Später würde sie versuchen, den Pamp herunterzuwürgen, den die Männer Essen nannten, doch im Moment war sie allein und hatte keinen Grund, die Tapfere zu spielen.

»Keira. Ich heiße Keira«, murmelte sie. »Ich bin stark. Ich bin mutig. Und diese Schweine werden mich nicht kleinkriegen.«

Über diese Worte, die sie immer und immer wieder vor sich hin summte, hätte sie beinahe das leise Geräusch von schleichenden Schritten auf der Treppe überhört. Sie runzelte die Stirn, als eine seltsame Angst ihr das Herz zusammenpresste. Diese Schritte waren zu leicht, zu anmutig für einen normalen Menschen.

Was war da auf dem Weg zu ihr?

In den Schatten verborgen, blieb sie auf dem Boden zusammengerollt liegen und spähte misstrauisch in die sich verdichtende Düsternis.

Die Umrisse eines großen Mannes tauchten auf, doch er drehte erst mit sichtlicher Vorsicht eine Runde über den gesamten Dachboden und suchte nach versteckten Feinden, bevor er seine Aufmerksamkeit schließlich auf den Käfig lenkte, der mitten im Raum stand.

Dann erst sog er entsetzt die Luft ein, als er ihre kauernde Gestalt erblickte.

»Zum Teufel, was ist hier los?«

Der Mann kam näher, und Keiras Herz setzte einen Schlag aus, als sie die golden schimmernde Schönheit dieses Mannes erblickte. Er beunruhigte sie. Nicht wie der Frettchen-Mann oder seine zahlreichen menschlichen Freunde. Das hier war … anders …

»Ist das ein Trick?«, hauchte er.

Sie zog die Brauen zusammen. »Ich verstehe die Frage nicht.«

»Du bist tot.«

Seine harten Worte durchschnitten das Durcheinander in ihrem Kopf. Blinzelnd bemühte sie sich, diese Worte zu verarbeiten. Tot. Bizarrerweise machte ihr der Gedanke keine Angst.

Das hätte eine ganze Menge erklärt.

»Dann ist das also die Hölle?« Sie lachte kurz, fast hysterisch auf. »Hoffentlich habe ich mir meinen Platz hier verdient, indem ich es richtig habe krachen lassen. *Laisser les bons temps rouler.*«

Eine kurze, nervenaufreibende Stille entstand, bevor ein zartes Wort durch die Luft heranschwebte.

»Keira?«

Ein überraschtes Zischen drang aus ihrer Kehle. Ihr Name. Das Einzige aus ihrer Vergangenheit, das sie hatte festhalten können. Er hatte sie geerdet, wenn ihre Entführer mit allen Mitteln versucht hatten, ihren Willen zu brechen. Oder wenn ihr Verstand sich in den dunklen Tiefen der Verzweiflung zu verlieren drohte.

Die ganze Zeit über hatte sie ihn beschützt.

Niemand kannte diesen geheimen, kostbaren Namen.

Niemand außer ihr.

»Nein«, keuchte sie mich schwacher Stimme. »Er gehört mir. Nur mir.«

»Heilige Scheiße.« Der Mann kam noch einen Schritt näher. »Du bist es wirklich?«

Keira wich hastig zurück, und aller Widerstand war vergessen, als sie den warmen, männlichen Duft witterte. Pantera. Er war wie sie.

»Wer bist du?«, krächzte sie.

Mit einem anmutigen Sprung landete er direkt vor ihrer Zellentür. Seine wunderschönen, golddurchsetzten grünen Augen strahlten vor fassungsloser Freude.

»Oh mein Gott.«

»Nein.« Sie hob die Hand, ihr Herz raste. Sie wusste nicht, was ihr zu schaffen machte. Einem Teil von ihr war klar, dass sie zutiefst erleichtert sein müsste. Dieser Mann gehörte zu ihrem Volk. Aber da war auch ein anderer Teil, der sich vor seinem Geruch fürchtete. »Bleib zurück.«

Er runzelte die Stirn und betrachtete sie mit suchendem Blick. »Keira, ich bin's. Bayon.«

Bayon. Lautlos testete sie den Namen. Er war vertraut. Der Mann war ihr vertraut.

Aber das Durcheinander in ihrem Kopf war zu groß, sie konnte die Erinnerung nicht herausfischen.

»Bleib zurück«, wiederholte sie mit scharfer Stimme. Sie begriff nicht, was hier los war, und das war ebenso furchtbar wie Folter.

»Ist es eine Falle?« Er neigte den Kopf zur Seite und schnupperte. »Keira, Süße, werde ich einen Alarm auslösen?«

Sie schüttelte den Kopf, ihr Mund war trocken. »Du musst gehen.«

Prüfend betrachtete er ihr blasses, verängstigtes Gesicht, dann ergriff er ohne Vorwarnung die Gitterstäbe und riss die Zellentür heraus.

Mit einem Satz sprang Keira auf ihre Pritsche, eine Handfläche an ihren hämmernden Kopf gepresst, als er unaufhaltsam auf sie zukam. Er streckte die Hand aus, doch anstatt nach ihr zu greifen, wie sie beinahe erwartet hatte, strich er mit dem Finger über ihr Halsband.

Erschrocken riss er die Hand von dem Metall zurück.

»Scheiße. In dem Metall steckt irgendeine Art Gift.« Er schüttelte den Kopf. »Ich muss den Schlüssel finden. Bin gleich wieder da.«

Sie sah ihm schweigend nach, als er leichtfüßig die Treppe hinunterlief und sie alleinließ.

Stumm betrachtete sie die verbogene Zellentür, während eine Stimme in ihrem Hinterkopf sie drängte, die Flucht zu ergreifen. Sie könnte aus einem der Fenster schlüpfen, vom Dach springen und die Straße hinunterrennen, bevor der … bevor Bayon überhaupt bemerkte, dass sie fort war.

Ihre Glieder allerdings verweigerten jede Bewegung. Es war, als würden sie gewaltsam an ihrem Platz gehalten.

Sie blieb zusammengekauert auf der Pritsche hocken, und der Atem strich kratzend durch ihre Kehle, während sie Bayon im Haus umherlaufen hörte. Angespannt wartete sie, bis er die Treppe wieder hinaufgerannt kam und zu ihrer Zelle zurückkehrte.

Sie stieß ein Zischen aus, als sich sein warmer Moschusduft auf ihre Sinne legte und sie an etwas erinnerte – aber an was?

An etwas, dem sich ihr Verstand noch nicht stellen wollte.

Zitternd schüttelte sie den Kopf, als er langsam die Zelle durchquerte und sich auf den Rand ihrer Liege hockte.

»Halt einfach still, Keira«, drängte er sie sanft. Ohne den Blick von ihrem Gesicht abzuwenden, schloss er das Halsband auf und nahm es ihr ab. Mit verzerrtem Gesicht warf er es in die Ecke.

Dann legte er die Finger wieder an ihren Hals, um behutsam über die vom Metall wund gescheuerte Haut zu streichen. Sofort zog sie sich zurück. Das Herz hämmerte wild gegen ihre Rippen, als sie bei seiner sanften Berührung wirre Empfindungen durchfuhren.

»Nein.« Sie sprang von der Liege auf und drückte sich an die Gitterstäbe. Sie hasste sich dafür, dass sie sich wie ein beschissenes Mäuschen aufführte, konnte ihre heftige Reaktion aber nicht unterdrücken. »Fass mich nicht an.«

»Okay.« Er stand auf und streckte ihr in einer versöhnlichen Geste die Hände entgegen. »Wir müssen hier raus.«

»Raus?« Sie leckte sich die trockenen Lippen. »Wohin bringst du mich?«

»Zurück in die Wildlands.«

Aufsteigende Panik überrollte sie und schnürte ihr die Kehle zu, bis sie kaum noch Luft bekam. »Nein, das geht nicht.«

Bayon legte die Stirn in Falten, und seine Finger zuckten, als müsse er gegen den Drang ankämpfen, sie mit körperlicher Gewalt aus der Zelle zu zerren.

»Keira. Wir können nicht hierbleiben«, brachte er schließlich in beruhigendem Ton hervor. »Kommst du mit mir? Bitte.«

Keira blickte zur Tür. Sie wollte nach draußen. Unbedingt. Und ein Teil von ihr wusste, dass dieser Mann ihr nichts zuleide tun würde.

Dennoch musste sie jeden Funken ihrer Willenskraft aufbringen, um ruckartig zu nicken. »Also gut. Aber … fass mich nicht an.«

»Okay.« Während er rückwärts aus der Zelle wich, beobachtete er sie mit sorgsam beherrschter Miene. »Alles, was du willst, Süße. Du brauchst es nur zu sagen.«

»Ich brauche Platz.«

»Den kriegst du«, versprach er, ohne zu zögern. »Komm mit.«

Sie tat es. Allerdings hielt sie vorsichtigen Abstand zu ihm, während sie leise die Treppe hinunterschlichen und das Haus durch eine kleine Küche mit rissigem Linoleumboden und einem Stapel schmutzigem Geschirr auf der Anrichte verließen.

Im Garten angekommen, blieb er stehen und suchte die Dunkelheit nach Anzeichen für eine Falle ab. Keira stand hinter ihm; sie zitterte, als ihre abgestumpften Sinne unter Schmerzen zu neuem Leben erwachten.

Gott, war das real?

Ein warmer Windhauch auf ihrer Wange. Das Gras unter ihren Füßen. Der ferne Klang eines Kinderlachens.

Zu oft hatte sie im Laufe der Jahre geträumt, frei zu sein, nur um beim Aufwachen festzustellen, dass sie noch immer in ihrem Käfig gefangen war.

Sie hätte es nicht ertragen, wenn es auch diesmal nur eine Halluzination gewesen wäre.

Als er endlich sicher war, dass sie allein waren, führte Bayon sie durch ein unverschlossenes Tor in eine schmale Gasse, die nach fauligen Abfällen und menschlichen Fäkalien roch.

Keira schlug sich die Hand vor ihre empfindliche Nase und konzentrierte sich verbissen darauf, einen Fuß vor den anderen zu setzen. Oh, nein. Das hier war kein Traum. Ihre Vorstellungskraft war nicht fähig, derart faulige Gerüche hervorzubringen.

Erleichterung wallte in ihr auf, aber gleichzeitig nahm ihre Schwäche mit jedem Schritt zu. Verbissen weigerte sie sich, ihr Tempo zu verlangsamen. Es war ihr egal, ob sie auf allen vieren kriechen musste. Nichts würde sie wieder in dieses Gefängnis bringen.

Sie hatten das Ende der Gasse erreicht, als der Pantera stehen blieb und ihr ein Zeichen gab, hinter ihm zu bleiben, während er durch ein Fenster in eine baufällige Garage spähte.

»Was tust du da?«, wollte sie wissen und sah sich nervös um.

Verdammt. Warum zögerte er? Ihre Bewacher würden nicht ewig fortbleiben.

»Mit einem Auto wären wir schneller«, raunte er.

»Nein.« Sie schüttelte den Kopf, als ein schmerzhafter Erinnerungsblitz durch ihre Verwirrtheit schoss. Sie war an Händen und Füßen gefesselt und hatte eine Haube über dem Kopf, und grobe Hände stopften sie in den Kofferraum eines Autos. Schmerzhaft wie Dolchstöße drangen Männerstimmen an ihr Ohr. »Ich kann nicht«, murmelte sie.

Bayon warf ihr über die Schulter einen besorgten Blick zu. »Warum nicht?«

»Es ist ein Käfig«, flüsterte sie.

Tiefes, kummervolles Bedauern verdunkelte seine Augen, bevor er abrupt nickte. »Dann laufen wir.«

Laufen.

Der Wind in ihrem Haar. Der Boden unter ihren Füßen.

Der Gestank der Menschen verblasste aus ihren Sinnen.

»Ja«, keuchte sie. »O Gott, ja.«

2

Bayon rang um Beherrschung.

Nur allzu deutlich spürte er die Nähe der Frau, die nur Zentimeter hinter ihm rannte, während sie sich durch die dichter werdenden Schatten von Melton bewegten. In diese Kleinstadt, einige Kilometer nördlich der Bayous, hatten sie die Mistkerle zurückverfolgt, die Ashe angegriffen hatten. Für Keira war es wichtig, dass er ruhig blieb und sich darauf konzentrierte, in die nahegelegenen Sümpfe zu flüchten, bevor die Menschen zurückkamen und ihr Fehlen bemerkten.

Er durfte sich jetzt nicht wie ein rasender Irrer aufführen, sie an den Schultern packen und sie fragen, was zum Teufel mit ihr passiert war.

Heilige Scheiße.

Die Erinnerung an den Tag ihres Verschwindens hatte sich in sein Gehirn eingebrannt.

Vor fünfundzwanzig Jahren hatte sie die Wildlands verlassen, um ihren menschlichen Geliebten zu besuchen, und dann … nichts mehr.

Ihr Bruder Parish hatte gespürt, dass sie in Bedrängnis war, hatte sie jedoch nicht aufspüren können.

Schließlich hatten sie akzeptieren müssen, dass sie tot war, und insgeheim hatte Bayon ebenso sehr getrauert wie Parish. Doch für ihn war es fast noch schlimmer gewesen, denn während Parish das Mitgefühl der gesamten Pantera-Gemeinde erfuhr, musste Bayon seine Trauer tief in seinem Inneren verbergen und so tun, als wäre sein Leben an diesem Tag nicht in Scherben zerbrochen.

Und jetzt ... jetzt hatte er keine Ahnung, was zum Henker er denken sollte.

Keira lebte.

Aber sie war nicht mehr die gleiche knallharte Frau, die einmal die Anführerin der Jäger gewesen war.

Früher war sie aufrecht und stolz gewesen, ihr Körper schlank und doch kraftvoll, ihr dunkles Haar durchzogen von feurigen Strähnen und ihre Haut von einem tiefen Honigton. Ihre Augen waren sagenhaft golden gewesen, mit einem smaragdgrünen Strahlenkranz in der Mitte.

Jetzt war ihr Haar kraftlos, ihre Haut bleich und ihre Augen so fahl, dass er sie fast nicht wiedererkannt hätte. Noch schlimmer war, dass ihr Geist gebrochen war und sie sich nicht einmal mehr an ihn erinnerte.

Aber sie lebte.

Der Puma in ihm fauchte und sehnte sich nach der Frau, die sein Innerstes früher aufs Ursprünglichste berührt hatte.

Seine Gefühle waren ein gefährlicher Mix aus Freude, Betroffenheit und Schuldgefühlen, und über allem lag eine mörderische Wut auf denjenigen, der diese herrliche Frau wie ein Tier in einen scheiß Käfig gesperrt hatte.

Er musste seine gesamte Kraft aufbieten, um nicht zu explodieren, während sie lautlos durch die Sumpfgebiete in der Umgebung von Melton liefen, bis sie, als die Dämmerung der Nacht wich, endlich die Zivilisation hinter sich ließen und den Rand der Wildlands erreichten.

Das erklärte vielleicht, warum er beim Überschreiten der magischen Grenze nicht sofort bemerkte, dass sie auf der anderen Seite zurückgeblieben war.

Als er merkte, dass sie nicht mehr hinter ihm war, fuhr er herum und sah, dass sie am Rande des Territoriums kauerte. Ein Ausdruck des Grauens verunstaltete ihr schönes Gesicht, und sein Herz zog sich zusammen, als er vorsichtig zu ihrer zitternden Gestalt zurückkehrte. Er konnte spüren, dass ihr die Müdigkeit bis ins Mark gedrungen war, aber sie war nicht einfach vor Erschöpfung zusammengebrochen.

Sie wurde von einem inneren Dämon gequält.

»Keira?« Seine Stimme klang sanft. »Was ist los, Süße?«

Sie schüttelte den Kopf. »Ich erinnere mich nicht.«

Er wollte ihr über die dunklen Haare streichen, riss die Hand jedoch gleich wieder zurück. Sie hatte ihn gebeten, sie nicht anzufassen.

Diese Bitte würde er respektieren.

»Woran erinnerst du dich nicht?«, wollte er wissen.

»Einfach alles.« Sie zog die Brauen zusammen und starrte mit ineinander verschränkten Fingern auf die Landschaft, die ihr früher so vertraut gewesen war wie der Körper eines Geliebten. Zu ihren Pflichten als Anführerin der Jäger hatte es gehört, jeden Zentimeter der Wildlands zu durchstreifen. Nacht für Nacht. »Nein, das stimmt nicht ganz. Da sind Erinnerungen, aber sie sind wie Puzzleteile, die ich nicht zusammensetzen kann.« Eine lange Pause entstand, und ihr schwer gehender Atem machte deutlich, wie viel Kraft sie aufbringen musste, um nicht vor Entsetzen davonzurennen. »Wie lange?«

Bayon runzelte die Stirn. »Was?«

»Wie lange war ich fort?«

Er verzog das Gesicht. Dieses Gespräch wollte er nicht führen. Nicht, solange sie nicht wieder zu Kräften gekommen war.

»Keira ...«

»Wie lange?«

»Fünfundzwanzig Jahre.«

»Scheiße.«

Er ging neben ihr in die Knie. »Es wird alles wieder gut.«

Feuer blitzte in ihren matten Augen auf, eine schmerzliche Erinnerung an die alte Keira.

»Behandle mich nicht wie ein Kind!«

Er verkniff sich einen Fluch. Verdammt, für so etwas hatten sie jetzt keine Zeit. Sie war krank und erschöpft und musste sich dringend endlich wieder verwandeln.

»Keira. Ich weiß nicht, was in aller Welt dir zugestoßen ist, aber ich kann spüren, dass der Puma in dir in eine Art Schlaf versetzt worden ist. Nur in den Wildlands kannst du geheilt werden.«

Sie leckte sich die Lippen, ihr Herz hämmerte so laut, dass er fürchtete, es könnte die Raubtiere aus den Sümpfen anlocken.

»Ich weiß.«

Vorsichtig kam er näher und hoffte, die Nähe seines Pumas würde tröstlich auf sie wirken. »Aber etwas macht dir Sorgen?«

»Es macht mir Angst.«

»Ich bringe dich zu Parish«, versprach er. Die Geschwister hatten sich nähergestanden als die meisten, da sie beide zu Jägern bestimmt gewesen waren. »Niemand wird dich …«

»Ich kann nicht.« Sie ergriff seinen Arm, ihre Fingernägel bohrten sich in sein Fleisch. »Nicht zu Parish.«

Bayon zog die Brauen zusammen. »Du erinnerst dich an ihn?«, fragte er.

»Es … es kommt langsam zurück, aber alles ist noch verschwommen.« Sie biss sich auf die Lippe, ihre Angst war förmlich greifbar. »Bitte, zwing mich nicht.«

Er legte den Kopf schief, um ihren nervösen Blick aufzufangen. »Ganz ruhig, Keira.«

»Nicht Parish.«

»Dann ein Heiler?«

»Nein.« Ihre Nägel gruben sich tiefer in seine Haut, der Geruch seines Blutes stieg in die Luft. »Nur du.«

»Süße, ich kann deine Rückkehr unmöglich geheim halten.« Er versuchte ihre aufkommende Hysterie zu besänftigen.

Mit einem erstickten Laut wandte Keira den Kopf

ab, um ihren Gesichtsausdruck zu verbergen. »Ich will nicht, dass mich jemand so sieht. Ich bin so kaputt.«

»Nein«, fauchte er, sein Körper bebend vor Emotionen. »Keira, du bist ein Wunder.«

»Das werden sie nicht in mir sehen. Sie werden versuchen, mich wieder in Ordnung zu bringen. Oder noch schlimmer, sie werden mich wegsperren.«

»Ich würde niemals zulassen, dass dir jemand etwas antut.«

»Da ist noch etwas anderes. Etwas …« Sie schüttelte den Kopf. »Bitte, Bayon. Ich bin noch nicht bereit.«

Ihre herzzerreißende Bitte erstickte seine kurz aufflammende Freude darüber, dass ihr unbewusst sein Name über die Lippen gerutscht war.

Bayon war nicht bescheiden. Er hatte zahlreiche Talente, und dazu gehörte nicht zuletzt seine Fähigkeit, mit dem Katzenwesen seiner Artgenossen in Verbindung zu treten. Es war eine seltene Gabe, die besonders im Umgang mit verwilderten Pantera nützlich war. Aber ein Heiler war er nicht. Verdammt, für seinen Umgang mit Kranken wäre er schon am ersten Tag in hohem Bogen aus dieser Fraktion rausgeflogen.

Aber Keira war von ihm abhängig. Also würde er sich vorerst um sie kümmern müssen.

Er richtete den Blick auf die Wildlands, denn er wusste, dass Keira die Magie ihrer Heimat brauchte. Aber wie sollte er ihre Gegenwart geheim halten? Parish würde sie wittern …

Parish.

Natürlich.

»Die Höhlen«, murmelte er. »Parish ist damit beschäftigt, sich um die Jäger zu kümmern – und um seine Gefährtin.« Er zog eine Grimasse. Parish hatte Keiras sämtliche Besitztümer in die Höhlen geschafft, in denen sie als Kinder gespielt hatten, und sich all die Jahre standhaft geweigert, etwas davon wegzugeben. »Solange keiner absichtlich dort sucht, wird niemand bemerken, dass du dort bist.«

Sie drehte sich wieder um und betrachtete ihn mit beunruhigender Intensität. Als versuchte sie zu entscheiden, ob sie ihm vertrauen konnte.

»Du wirst die anderen von dort fernhalten?«

Er nickte langsam. Wenn Parish und die übrigen herausfanden, dass er diese unfassbare Wahrheit vor ihnen geheim hielt, würden sie ihm die Hölle heißmachen, aber in diesem Augenblick war nur wichtig, dass Keira nach Hause kam, damit sie geheilt werden konnte.

»Ja.«

»Schwörst du es?«

»Ich schwöre.« Da seine Aufrichtigkeit unverkennbar war, nickte sie schließlich langsam und zögerlich. Dann trat er auf sie zu, bis sie sich direkt gegenüberstanden, und sah ihr fest in die Augen. »Aber sobald ich den Puma in dir befreit habe, wird Parish die Verbindung spüren können. Die einzige Möglichkeit, deine Anwesenheit geheim zu halten, wäre, dir meine Prägung zu geben.«

Vor langer Zeit konnten Pantera-Eltern ihren Kindern einen möglichen Gefährten verweigern. Die Ältesten hatten diesen Brauch mittlerweile verboten, aber in den alten Zeiten war eine reine Blutlinie von wesentlich größerer Bedeutung gewesen, und manche Familien wollten ihr Kind lieber zu einem Leben getrennt von seinem vorherbestimmten Gefährten verdammen, als ihren Stammbaum zu verwässern.

Natürlich ließen sich Pantera-Männer, die ihre Geliebte für sich gewinnen wollten, nicht ohne Weiteres abweisen, und so fanden sie eine Möglichkeit, die Familienbande mit ihrem eigenen Duft zu überdecken. Auch wenn es nur vorübergehend war, konnte das Paar der Familie auf diese Weise lange genug aus dem Weg gehen, um herauszufinden, ob sie wirklich zu Gefährten bestimmt waren.

Mit der Zeit hatte es sich zu einer Liebesbekundung unter Paaren entwickelt, die noch nicht bereit waren, eine endgültige Verbindung einzugehen.

Keira zitterte, ein dünner Schweißfilm lag auf ihrem Gesicht. Sie stand am Rande eines Zusammenbruchs, und das war zweifelsfrei der einzige Grund, warum sie nicht widersprach.

»In Ordnung.«

Er senkte den Kopf, legte das Gesicht an ihren Hals und ließ die Lippen über ihre seidige Haut gleiten.

»Öffne dich für mich, Süße.«

Er legte die Lippen auf ihren Puls, der an ihrem Hals hämmerte, und ließ die Zunge über ihre Haut schnellen. Schlagartig zerrte der Puma in ihm an seiner Leine und wollte mehr.

Mehr Hitze. Mehr Haut. Mehr Keira.

Gott im Himmel. Wie hatte er auch nur einen einzigen Tag ohne diese Frau überleben können?

Geduldig wartete Bayon, bis sie sich unter seiner Berührung zögerlich entspannte, dann zog er sie in seine Arme. Sobald er sicher war, dass sie nicht in Panik ausbrechen würde, fasste er sie fester und hüllte sie in seinen Moschusduft ein. Es war das erste Mal, dass er versuchte, einer Frau seine Prägung zu geben, doch seine primitivsten Instinkte wussten ganz genau, was zu tun war, und weckten in ihm das Bedürfnis, diese Frau in Besitz zu nehmen.

Ein Geräusch drang tief aus ihrer Kehle. Keine Zurückweisung, sondern ein tiefer Laut der Begierde, und dieser Laut stürzte ihn von einer Klippe, von deren Existenz er bis dahin gar nichts gewusst hatte.

Ohne Warnung öffnete er den Mund, grub die Zähne in ihre Schulter und tränkte sie mit seinem Geruch.

Sie packte ihn an den Schultern und seufzte leise, als die Wucht seiner Forderung sie durchflutete und sie mit einer Schutzschicht umhüllte. Sie sank an seine Brust, und Bayon leckte die winzige Wunde an ihrer Schulter, ehe er sie so behutsam wie möglich auf die Arme hob und aufstand.

Wilder Zorn explodierte in ihm, als er bemerkte, wie zerbrechlich sie geworden war. Hatte man sie hungern lassen? Geschlagen? Sexuell missbraucht?

Verdammt, er würde diese Wilden jagen und sie dazu bringen, um Gnade zu schreien.

Dann würde er sie über offenem Feuer rösten und an die Alligatoren verfüttern.

In sicherem Abstand zu den Grenzpatrouillen lief Bayon über den federnden Boden zu den abgelegenen Höhlen am anderen Ende der Wildlands. Seit Parish dort eingezogen war, hatte niemand mehr gewagt, sie zu betreten. Es sollte sich also niemand dorthin verirrt haben.

Er konnte nur hoffen, dass der derzeitige Anführer der Jäger zu sehr mit seinen Pflichten beschäftigt war, um in den nächsten Stunden zurückzukommen.

Der Mond versilberte die hoch aufragenden Zypressen, als sie auf festen Boden gelangten und die seicht ansteigenden Hügel erreichten, in denen hinter dichten Sträuchern der Eingang zu den Höhlen verborgen lag.

Tief gebückt, um sich an den überhängenden Felsen nicht den Kopf zu stoßen, schlich Bayon weiter, bis er sich endlich im überraschend großen Innenraum der Höhle mit einer hohen, kuppelartigen Decke und einem kleinen Wasserlauf wiederfand.

Die kühle, glücklicherweise trockene Luft umfing sie, als er direkt auf die Gänge am rückwärtigen Ende der Höhle zuhielt. Er spürte Keiras Zittern und drückte sie fester an seine Brust, während er sich für den Gang entschied, der in den abgelegensten Winkel des Höhlensystems führte.

Noch bevor er das kreisförmige Ende des Gangs erreicht hatte, hörte er das Rauschen des Wasserfalls. Dann bog er um die Kurve und blieb stehen, um den Anblick zu genießen: Wasser stürzte durch eine natürliche Öffnung in der Höhlendecke herab und sammelte sich in einem tiefen Becken im Zentrum der Höhle.

Dieser See hatte schon immer die jungen Pantera angelockt. In ihrer Pumagestalt waren sie verspielt über die schmalen Felsvorsprünge an den Wänden nach oben geklettert, um dann ihre Menschengestalt anzunehmen und in das frische Wasser zu springen.

Jetzt waren alle Kinder erwachsen, und kein Pumajunges sprang mehr durch die im Mondlicht glitzernden Wassertropfen, kein hallendes Gelächter erklang, wenn die kleinen Jungen versuchten, die Aufmerksamkeit der Mädchen zu erlangen.

Dieser Gedanke erinnerte ihn schlagartig daran, dass er sich mit Parish in Verbindung setzen musste. Jemand musste nach Melton zurückkehren, um die Mistkerle zu verfolgen, die Ashe und ihr Baby angegriffen hatten.

»Ich erinnere mich an diesen Ort«, flüsterte Keira leise. Ihr Blick ruhte auf dem Wasserfall, als Bayon sie vorsichtig neben dem See absetzte.

Bayon zupfte sie am Arm, damit sie sich zu ihm umwandte. »Sieh mich an, Keira.«

Ihre Augen waren noch immer so enervierend matt, als sie zu ihm aufsah und seinem festen Blick begegnete. »Was?«

»Es ist Zeit, dass ich deinen Puma rufe.«

Er hörte, wie sie schluckte. Ihre Augen wirkten zu groß für ihr bleiches Gesicht. »Du lässt nicht zu, dass mich jemand einsperrt?«

»Ich beschütze dich«, versicherte er ihr. Vorsichtig fasste er sie am Kinn. »Dir wird nie wieder jemand etwas zuleide tun.«

Er neigte ihren Kopf zurück, blickte tief in ihre Augen und sprach die alten, magischen Worte.

Hitze knisterte in der Luft, und die alles überlagernde Kraft der Magie fuhr mit solcher Macht in Keiras Körper, dass sie auf die Knie fiel und ein gequälter Laut aus ihrer Kehle drang.

Bayon verzog das Gesicht. Es widerstrebte ihm zutiefst, sie zu der unfreiwilligen Verwandlung zu zwingen. Er setzte seine Gabe ein, wenn ein Pantera in seiner Menschengestalt schwer verletzt wurde und sich in den Puma verwandeln musste, um geheilt werden zu können. Oder wenn ein Puma verwildert war und sich nicht mehr an seine menschliche Seite erinnerte.

Es fiel ihm nicht leicht.

Eigentlich sollte die Verwandlung ein intimes, freudiges Ereignis sein. Einen Gestaltwechsel zu erzwingen hatte für ihn eine unangenehme Ähnlichkeit damit, einer Person ihren freien Willen zu nehmen.

Keira taumelte zur Seite, dann veränderte sich ihre menschliche Gestalt in einem Ausbruch wirbelnder Farben. Ihre Muskeln wurden kräftiger, und Fell bedeckte ihre vorher glatte Haut. Bayon hielt die Hände über sie und fuhr fort, die leisen, befehlenden Worte zu sprechen, bis ihre Augen plötzlich magisch glühten und unter dem Gebrüll einer lange unterdrückten Wut der Puma zum Vorschein kam.

Pure Erleichterung durchströmte ihn. Vorsichtig trat er einen Schritt zurück, um Keira genügend Raum zu lassen. Nachdem ihr Puma so lange in einem erzwungenen Schlaf gelegen hatte, war nicht vorherzusehen, was er jetzt tun würde, wenn er geweckt wurde.

Die goldenen Augen betrachteten ihn mit raubtierhaftem Hunger, aber weil Keira eindeutig zu geschwächt war, um zuzuschlagen, bleckte sie nur ihre riesigen Zähne, bevor sie sich auf dem harten Boden zusammenrollte und ihren schönen Kopf auf die Tatzen bettete.

Bayon zog sich aus der Höhle zurück, um dem Puma seine Privatsphäre zu lassen und ihm die Möglichkeit zu geben, sich in Frieden auszuruhen. Allerdings blieb er in der Nähe, damit Keiras menschlicher Anteil wusste, dass sie beschützt wurde.

Allmächtiger Gott.

Er nahm ein Handy aus der Hosentasche. Er hatte zwei bei sich. Davon war eines sein privates Telefon mit allem Schnickschnack, und das andere war ein Prepaid-Handy, das nicht geortet werden konnte.

Er entschied sich für das Prepaid-Handy. Niemand sollte mitbekommen, dass er wieder in den Wildlands war.

Beim ersten Klingeln nahm Parish ab.

»Hast du sie?«

Bayon schnitt eine Grimasse. Was er zu sagen hatte, würde den Jäger nicht erfreuen.

»Ich habe sie bis zu einem Wohnhaus verfolgt, einen Block nördlich der Schule von Melton. Sie sind ausgeflogen, aber die Chancen stehen gut, dass sie zurückkommen. Falls nicht, müsste Talon ihre Spur verfolgen können.« Bayon wand sich unter Parishs scharfem Tadel dafür, dass er seine Jagd auf die Eindringlinge abgebrochen hatte. »Ich habe eine Spur, die ich untersuchen will. Es ist wichtig.« Es folgte eine weitere wütende Strafpredigt, einschließlich Parishs Ansichten über Idioten, die keine Anweisungen befolgen konnten, und der Drohung, Bayons Männlichkeit mit einem rostigen Messer zu Leibe zu rücken. »Vertrau mir, *mon ami*, sobald ich Informationen habe, die ich weitergeben kann, wirst du sie als Erster erfahren. Oh, und sag Talon, dass auf dem Dachboden des Hauses ein Metallhalsband liegt. Ich glaube, es enthält irgendeine Art Gift, also soll er vorsichtig sein. Aber er muss es mitbringen, damit die Heiler es untersuchen können. Es könnte wichtig sein. Ich melde mich wieder, sobald ich kann«, versprach er, bevor er das Handy ausschaltete und wieder in die Tasche steckte.

Parish war wütend, aber er würde Talon sofort zu dem Haus schicken, und das bedeutete, dass Bayon wenigstens noch ein paar Stunden Zeit hatte, in denen er sich einzig darauf konzentrieren konnte, Keira zu helfen. Es war seine Aufgabe – Keira hatte schon immer zu ihm gehört.

Auch wenn sie zu stur gewesen war, um es zuzugeben.

Es überraschte Keira nicht, dass sie im Traum ihre Pumagestalt angenommen hatte. Das war ihre Art, sich an den letzten Rest ihres Verstandes zu klammern.

Doch noch nie waren die Träume so greifbar gewesen, dass sie die Sonne spürte, die auf ihren schlafenden Körper fiel und ihr Fell wunderbar wärmte, oder sie die Symphonie von plätscherndem Wasser im Hintergrund hörte.

Mit aller Macht versuchte sie, diesen Traum festzuhalten. Sie wollte nicht aufwachen, um sich auf dem engen Dachboden wiederzufinden, wo sie das Halsband trug und vom Gestank der Menschen am liebsten gekotzt hätte.

Aber da war etwas, das sich anfühlte, als würde sich ein Stein in ihren Hintern bohren, und eine merkwürdige Hitze lastete auf ihrem Rücken.

Sie zwang sich, langsam die Augen zu öffnen und erstarrte, als sie erkannte, dass sie nicht im Käfig war. Das hier war … eine Höhle.

Aber nicht irgendeine Höhle. Ihre Lieblingshöhle.

Und sie hatte definitiv ihre Pumagestalt angenommen und lag im Sonnenschein eines späten Vormittags.

Was bedeutete, dass sie stundenlang geschlafen haben musste.

Ohne nachzudenken, verwandelte sie sich wieder in einen Menschen, wirbelte herum und entdeckte einen wunderschönen goldenen Puma, der direkt hinter ihr schlummerte.

Bayon.

Der Name fiel ihr sofort ein, und während sie seinen warmen Moschusduft einatmete, klärten sich allmählich ihre Gedanken.

Zu Hause. Guter Gott. Sie war zu Hause.

Ihr war entfernt bewusst, dass sie vollkommen nackt war – eine Nebenwirkung einer erzwungenen Gestaltwandlung – und dass sie immer noch große Erinnerungslücken hatte. Doch plötzlich wurde sie von dem Bedürfnis überwältigt, sich selbst zu beweisen, dass es kein Traum war.

Dass sie wirklich und wahrhaftig gerettet war.

»Bayon«, flüsterte sie und strich mit den Fingern durch sein weiches Fell.

Er war ein prachtvoller Puma.

Groß, muskulös und ungemein männlich.

Sobald er alt genug gewesen war, um zu den Jägern zu stoßen, hatte Keira sich unwiderstehlich zu ihm hingezogen gefühlt. Was nicht weiter verwunderlich war. Bayon hatte schon im Kindergarten angefangen, Frauenherzen zu brechen.

Er war umwerfend, frech und außerdem charmanter, als gut für ihn war.

Und was Keira anging, war er außerdem absolut tabu.

Sie hatte sich eingeredet, er sei zu jung für sie.

Alle männlichen Pantera waren Schürzenjäger, sobald sie in die Pubertät kamen, und Bayon war da keine Ausnahme gewesen. Wenn er nicht gerade trainierte oder im Dienst war, konnte er an nichts anderes denken als an Sex. Keira hatte kein Interesse daran gehabt, eine weitere Kerbe in seinem Bettpfosten zu werden.

Zumal sie weitaus reifere Liebhaber hatte, die ihre Bedürfnisse erfüllen konnten.

Die Art von Liebhabern, die ihre Stellung als Anführerin der Jäger respektierten und niemals ihre Grenzen überschritten.

Bayon hätte eine Grenze nicht erkannt, wenn sie ihn in den Hintern gebissen hätte.

Doch ein Teil von ihr hatte immer gewusst, dass das nur eine Ausrede war, um seine hartnäckigen Annäherungsversuche abzuwehren.

Tief in ihrem Inneren war sie ein Feigling gewesen.

Rückblickend war das leicht zu erkennen.

Bayon war zu herrisch, zu fordernd, zu … alles, um ein bequemer Partner zu sein. Und für eine Frau, die unter großen Anstrengungen ihren Alphastatus behaupten musste, war es leichter gewesen, die zarte Verbindung, die sich zwischen ihnen entfalten wollte, im Keim zu ersticken, als sich mit Bayons natürlicher Neigung zur Dominanz herumzuschlagen.

Jetzt allerdings waren ihr mögliche Verwicklungen scheißegal, genauso wie politische Erwägungen und alle anderen dämlichen Gründe, ihren Bedürfnissen nicht nachzugeben.

Der Puma in ihr hatte schon viel zu lange keinen Körperkontakt mehr gehabt, und sie wusste ganz genau, welcher Mann ihren Hunger stillen sollte.

Wie aufs Stichwort hob Bayon den Kopf. In seinen Augen, die in seiner Pumagestalt eher golden als grün waren, lag ein warmer Ausdruck ehrlicher Freude, als er sich in einem Wirbel aus Magie verwandelte.

Keira erzitterte unter einem wollüstigen Schauer, als anstelle des Pumas ein großer, attraktiver Mann erschien, der nur eine verwaschene Jeans trug. Oh verdammt. Seine Brust war sogar noch breiter als früher und mit Tribal-Mustern tätowiert, die bis zu seiner schmalen Taille hinunterreichten.

Mit den Jahren war er zu dem tödlichen Krieger herangereift, den sie von Anfang an in ihm gespürt hatte. Doch in seinen Augen lag noch immer das Funkeln seines jungenhaften Charmes.

Unwiderstehlich.

Sie stieß ein tiefes Knurren aus, als sie sich dicht vor ihn kniete und mit den Fingern durch sein seidig-goldenes, schulterlanges Haar fuhr.

»Willkommen zu Hause, Süße«, raunte er mit vom Schlaf träger Stimme.

Allein ihrem Instinkt folgend, beugte Keira sich vor und küsste seine Lippen, die sie sich so oft heimlich in ihrem Bett vorgestellt hatte. Sofort wurde sie von Hitze durchflutet. Oh Gott, er schmeckte so gut. Würzig, nach Mann und nach purer Kraft.

Sie stöhnte auf, als Nerven, die sie seit Jahren nicht mehr gespürt hatte, funkensprühend zu neuem Leben erwachten. Sie grub die Hände tiefer in sein Haar. Bereitwillig öffneten sich seine Lippen, und sein verlockender Moschusduft erfüllte die Luft mit dem Geruch seiner Erregung.

»Himmel, habe ich dich vermisst«, flüsterte er an ihren Lippen.

Begehren durchströmte sie. Der Wunsch, diesem Mann nahe zu sein, war so stark, dass es wehtat.

»Ich will dich spüren«, drängte sie und bog den Rücken durch, um ihre sehnsüchtig schmerzenden Brustwarzen an seine Brust zu pressen.

Ein Stöhnen entrang sich seiner Kehle, doch als er ihre Hüften umfasste, hob er den Kopf und betrachtete sie mit wachsamer Miene.

»Keira?«

Mit einem Stoß warf sie ihn rücklings auf den Boden. Schnell setzte sie sich auf ihn und ließ die Hände ausgiebig über seine glatte Brust wandern.

»Ich muss deine Berührung spüren«, sagte sie mit heiserer Stimme. Zischend drang der Atem durch ihre zusammengebissenen Zähne, als seine beiden Hände ihre Taille umspannten, bevor sie seitlich an ihrem Oberkörper hinaufstrichen und die weichen Rundungen ihres Busens umfassten. »Ja«, seufzte sie und beugte sich vor, um seine seidig heiße Haut mit Küssen zu bedecken, wobei sie sich kurz Zeit nahm, um über seine Brustwarze zu lecken. »Mehr.«

Er zitterte, seine Erektion wuchs und drängte sich gegen den Reißverschluss seiner Jeans. Keira wurde feucht, als sie sich genüsslich an dieser Ausbeulung rieb. Sie wollte seinen harten Schwanz tief in sich spüren.

Jetzt.

Mit äußerster Geschicklichkeit spielten seine schlanken Finger mit ihren Brustwarzen. Seine Berührung sandte Schockwellen durch ihren bebenden Körper. Zitternd atmete sie aus, als die Macht ihres Verlangens jede Logik auslöschte.

Heißes Gold blitzte in seinen Augen auf, sein Puma

reagierte auf ihre Berührung, doch als ein wohliges Schnurren durch ihre Brust rollte, verspannte sich Bayon unter ihr.

»Warte, Keira«, knurrte er.

Sie biss in sein Schlüsselbein, fest genug, dass Blut hervortrat. »Nein, hör nicht auf.«

Mit einem gemurmelten Fluch erhob er sich seitlich und stieß sie zu Boden, sodass ihre Positionen vertauscht waren. Sie lag auf dem Rücken und er über ihr.

Wäre es nicht ein so verflucht gutes Gefühl gewesen, wie sich sein Körpergewicht auf ihren bebenden Körper presste, hätte Keira vielleicht dagegen protestiert. Sie hatte die Beine gespreizt, damit seine Hüfte dazwischen Platz fand, und drückte sich an ihn.

Bayon runzelte die Stirn. »Was tun wir hier?«

Sie senkte den Blick, um die schwellenden Muskeln seines Bizeps' zu bewundern. Der fragende Ausdruck in seinen Augen irritierte sie.

Sie wollte nicht denken. Sie wollte fühlen.

»Du bist der Letzte, dem man erklären müsste, was wir hier tun«, sagte sie, obwohl sie nicht länger darüber nachdenken wollte, wie viele Frauen schon in den Genuss von Bayons Berührungen gekommen waren. Der Gedanke war viel schmerzhafter, als er hätte sein dürfen. Dann versteifte sie sich, als ihr ein entsetzlicher Gedanke kam. »Es sei denn, du hast eine Gefährtin?«

Sein Stirnrunzeln vertiefte sich. »Um Himmels willen, nein.«

Erleichtert umfasste sie sein Gesicht mit beiden Händen und zog seinen Kopf zu sich herunter.

»Dann küss mich.«

Er stieß ein tiefes, kehliges Geräusch aus und presste seinen Mund auf ihren. Er küsste sie mit einem rohen Verlangen, das totale Kapitulation forderte. Eine Kapitulation, die Keira begierig herbeisehnte.

So lange sie nach ihren Bedingungen stattfand.

Sie biss ihm auf die Zunge, die er ihr in den Mund stieß, um dann mit rhythmischer Beharrlichkeit daran zu saugen, bis er vor Begehren aufstöhnte.

Ihre Fingerspitzen streiften sein braun gebranntes Gesicht und erfreuten sich an den harten Kanten und Flächen. Er war nicht hübsch. Dafür war er zu männlich und seine Züge zu hart geschnitten. Aber er besaß eine fesselnde Schönheit, die sie in ihren Bann schlug.

In aller Ruhe prägte Keira sich die Form seiner markanten Wangenknochen und den sinnlichen Schwung seiner Lippen ein. Während der grausamen Jahre ihrer Gefangenschaft hatte sie festgestellt, dass sie nichts von dem bereute, was sie getan hatte, aber viel von dem, was sie nicht getan hatte.

Wie das hier.

Sie streichelte sein kantiges Kinn und erfreute sich an den rauen Bartstoppeln, während sie sich an seiner wundervoll harten Erektion rieb.

Bayon knurrte, dann löste er mit einem letzten Zungenschlag seine Lippen von ihren, um sein Gesicht an ihrem Hals zu bergen. Er biss so fest in ihre Haut, dass heiße Schauer der Lust durch ihren Körper fuhren.

Sie stieß ein lustvolles Zischen aus. Ja … oh ja. Sie brauchte das.

Mit beiden Händen fuhr sie über seinen eindrucksvoll breiten Rücken, packte den Bund seiner Jeans und versuchte ungeduldig, sie herunterzuziehen.

»Weg damit«, sagte sie ungeduldig.

»Warte.« Mit einem schroffen Stöhnen hob er den Kopf und blickte in ihr gerötetes Gesicht. »Keira.«

Ihre Hände glitten zur Vorderseite seiner Jeans und kämpften mit dem Verschluss. »Was?«

»Hör auf.«

Sie zog die Brauen zusammen und schloss die Finger um die mächtige Erektion, die sich gegen den Reißverschluss drängte.

»Warum?«

Sein gequältes Ächzen hallte durch die Höhle. »Weil du dich noch vor zwölf Stunden nicht einmal an mich erinnern konntest.«

Abrupt wandte sie den Kopf ab und tat so, als würde sie sich für den Wasserfall neben ihnen interessieren. »Ich war … verwirrt.«

Sie spürte die sengende Hitze seines Blickes auf ihrem Profil. »Und jetzt bist du es nicht mehr?«

»Ich weiß, was ich brauche.«

»Und was ist das?«

Widerstrebend wandte sie den Kopf wieder zu ihm und begegnete seinem fordernden Blick. »Ich muss wissen, dass du echt bist«, hauchte sie. »Dass *ich* echt bin.«

»Verflucht.« Sein Gesicht verzerrte sich unter qualvollem Kummer, und bevor Keira ahnte, was er vorhatte, saß er auf dem Boden und wiegte ihre zitternde Gestalt in seinem Schoß. »Ich halte dich«, flüsterte er, als sie instinktiv versuchte, sich aus seinen Armen zu befreien, und legte seine Wange fest auf ihren Scheitel. »Und ich lasse dich nicht mehr los. Nie wieder.«

Sie hätte beleidigt sein müssen. Sie hatte heißen, schweißnassen Sex gewollt, der das Verlangen stillen sollte, das sie schon seit Jahren nach diesem Mann verspürte, und der ihr ein für alle Mal beweisen sollte, dass sie nicht mehr in der verdammten Zelle saß.

Kein Drama, keine Komplikationen.

Nur das herrliche Wissen, dass sie haargenau das tun konnte, was sie wollte.

Aber so schnell ihr Verlangen aufgekommen war, so schnell verwandelte es sich in ein anderes, nicht weniger dringendes Bedürfnis.

Das Bedürfnis nach Trost.

Bayons Hand, die sanft ihren nackten Rücken streichelte. Der warme, vertraute Moschusgeruch seines Pumas. Der Klang seines Herzschlags an ihrem Ohr.

An ihn geschmiegt, spürte sie, wie die Magie der Wildlands unter ihre Haut drang.

Auch das hätte sie trösten müssen.

Die Magie hatte ihren Puma geheilt. Sie linderte die Schäden, die ihrem menschlichen Körper durch das verfluchte Halsband zugefügt worden waren. Und mit jeder Sekunde, die verstrich, behob sie die Schäden an Keiras Geist.

Alles verdammt großartig, wäre nicht in den Tiefen ihres Gehirns etwas vergraben, das sie schier wahnsinnig machte.

Etwas, mit dem sie nicht umgehen konnte. Noch nicht.

»Niemand weiß, dass ich hier bin?«

»Nein«, versicherte er eilig, während er das Gesicht an ihren Haaren rieb. Er hatte so viel von einer Katze. »Aber du weißt, dass sie mir das Fell über die Ohren ziehen, wenn sie herausfinden, dass du noch lebst und ich es ihnen verschwiegen habe?«

Sie verzog das Gesicht. Es war nicht fair, Bayon zu zwingen, sich zwischen seinem Versprechen, sie zu beschützen, und der Loyalität zu seinen Jägerkollegen zu entscheiden. Doch der erdrückenden Angst, die sie einhüllte, war das scheißegal. Im Augenblick war sie noch nicht stark genug, dagegen anzukämpfen.

»Ich bin noch nicht bereit«, murmelte sie.

Zum Glück drängte Bayon sie nicht, vielleicht weil er spürte, wie zerbrechlich sie immer noch war. »Kannst du mir sagen, wie du verschwunden bist?«, fragte er stattdessen.

Sie schwieg einen Moment, während sie in ihren Erinnerungen kramte, die einen seltsamen Flickenteppich aus vollkommener Klarheit und unergründlicher Verwirrung bildeten.

Jetzt, da sie zu Hause war, konnte sie sich deutlich daran erinnern, wie sie als Kind mit Parish in diesen Höhlen gespielt hatte. Auch an den Tag, an dem sie Anführerin der Jäger geworden war. Und selbst daran, wie sie die Augen nicht von Bayon hatte lassen können, während dieser zu beschäftigt gewesen war, um ihre faszinierten Blicke zu bemerken.

Aber sobald sie versuchte, sich darauf zu konzentrieren, wie es zu ihrer Entführung gekommen war, geriet ihr Denken ins Straucheln und schaltete sich ab. Wie ein Computer mit einem Virus.

»Es ist noch bruchstückhaft«, gab sie zu, ihre Stimme klang angespannt vor Enttäuschung.

Seine Hand strich weiterhin auf ihrem Rücken auf und ab. »Wir dachten, du wärst tot.« Er musste innehalten und sich räuspern, als er den Tag ihres Verschwindens noch einmal durchlebte. »Parish hat gespürt, dass du angegriffen worden bist, und dann wurde seine Verbindung zu dir plötzlich abgeschnitten. Monatelang hat er nach dir gesucht, aber sein Puma war überzeugt, dass du tot warst.«

Sie fauchte in düsterem Zorn, weil sie wusste, dass ihr Tod ihren Bruder gequält haben musste. Parish hatte sich gewiss nicht damit zufriedengegeben, ihren Verlust zu betrauern, oh nein. Mit Sicherheit hatte er das ganze Gewicht der Schuld, sie im Stich gelassen zu haben, auf sich geladen.

Verdammt, diese Schweine sollten für das, was sie getan hatten, bezahlen.

»Ich glaube, sie haben eine Art schwarze Magie benutzt, um die Verbindung zu meinem Puma zu blockieren«, sagte sie.

»Das Gleiche hat Raphael gesagt, nachdem er aus dem Hinterhalt angegriffen wurde.«

Überrascht neigte Keira den Kopf zur Seite. »Raphael wurde überfallen?«

»Ja, direkt außerhalb der Grenze. Bayons Miene war wachsam, als wollte er etwas vor ihr verbergen. »Ein Mensch hat mit einem Pfeil auf ihn geschossen. Der Mann hatte eine Tätowierung, einen Raben vor einem Vollmond.«

Schmerz raste durch ihren Kopf, als sich ein Erinnerungssplitter durch das schwarze Loch bohrte, das ihre Entführung umgab.

»Das Zeichen der Shakpi«, hauchte sie und kniff die Augen fest zusammen, als eine Welle von Übelkeit sie zu überwältigen drohte.

3

Bayon fluchte, als er Keiras verzweifeltes Zittern spürte.

Verdammt. Das Letzte, was er wollte, war, dieser Frau noch mehr Schmerz zuzufügen, aber er musste in Erfahrung bringen, ob ihr Verschwinden irgendetwas mit dem Angriff auf Ashe zu tun hatte. Aller Wahrscheinlichkeit nach planten diese Schweine bereits einen nächsten Angriff, um die verwundbare Menschenfrau und ihr kostbares Baby zu töten.

Jetzt fürchtete er, dass er die noch immer geschwächte Keira zu sehr gedrängt hatte.

»Keira.« Er drückte ihren Kopf an seine Brust und tastete hinter sich nach der Decke, auf der sie gelegen hatten. Behutsam legte er sie um ihren nackten Körper. »Geht es dir …«

»Mir geht's gut.« Sie atmete tief durch. Dann noch einmal. »Gib mir nur eine Minute.«

»Lass dir Zeit«, flüsterte er. Er genoss das Gefühl, sie im Arm zu halten.

Sicher, sie war nur deshalb hier bei ihm, weil er es gewesen war, der sie gerettet hatte, aber dem Puma in ihm war das egal. Der wusste nur, dass er seit einer Ewigkeit darauf gewartet hatte, diese Frau auf seinem Schoß zu wiegen, ihren Kopf an seinem Herzen.

Dann, als wollte sie ihm in Erinnerung rufen, dass er nicht das geringste Recht hatte, sie so in den Armen zu halten, schlug sie die Augen auf und überwand sich dazu, ihm zu erzählen, woran sie sich von ihrer Entführung noch erinnerte.

»Ich weiß noch, dass ich mich mit Sean getroffen habe.«

Seine Muskeln verspannten sich bei der Erinnerung daran, dass sie einen schnöden Sterblichen auserkoren hatte, um ihr Bett zu wärmen, während sie ihm die Tür vor der Nase zugeschlagen hatte.

»Dein menschlicher Geliebter?«

Sie hob den Kopf von seiner Brust und musterte seine erstarrte Miene. »Er war nicht mein Geliebter.«

Bayon zog die Brauen zusammen. »Nicht?«

Ihre Lippen wurden schmal, als sie die Ungläubigkeit in seiner Stimme hörte. »Nein. Er hat mich eines Abends im Cougar's Den angesprochen. Er sagte, er hätte Gerüchte über eine neue Gruppierung in der Gegend gehört, die viel Zeit in den Bayous verbringe.«

Bayon zögerte, ihr offenes Geständnis warf ihn aus der Spur.

Scheiße. Hatte sie denn keine Ahnung, wie oft ihn die Vorstellung gequält hatte, dass sie ihre letzten Stunden mit ihrem menschlichen Geliebten verbracht hatte, statt mit den Pantera, die sie hätten beschützen können?

Und jetzt erfuhr er, dass sie ihn angelogen hatte. Er schüttelte heftig den Kopf.

»Er wusste, was du bist?«, wollte er wissen. Die

meisten Menschen waren davon überzeugt, dass die Pantera nicht mehr als eine Legende waren – eine Überzeugung, in der die Pantera sie nur allzu gern bestärkten.

»Ja, und er wusste auch, dass diese Fremden uns interessieren würden«, sagte sie. »Ich habe ihn gebeten, sich in diese Gang einzuschleusen, um uns Informationen zu besorgen.« Die unangenehme Erinnerung ließ sie erschauern. »Er war dazu bereit, aber es hatte einen Preis.«

Er kniff die Augen zusammen. »Was für einen Preis?«

Wieder wurden ihre Lippen schmaler. »Nicht das, was du denkst.«

Bayon verzog das Gesicht. Seine uralte Eifersucht brachte ihn dazu, sich wie ein Arsch aufzuführen. Und warum? Hatte sie ihm nicht gerade eröffnet, dass Sean nicht ihr Liebhaber gewesen war, sondern dass sie ihn als Agenten benutzt hatte, um an Informationen zu kommen?

Vielleicht lag es daran, dass sie sich damals solche Mühe gegeben hatte, ihn glauben zu lassen, sie würde in einer leidenschaftlichen Affäre stecken.

»Du hast nur so getan, als wärt ihr zusammen, damit du einen Grund hattest, dich mit ihm zu treffen?«

»Der Puma bekommt hundert Punkte.«

Er beugte sich vor und stupste sie auf die Nase. »Und um mich zu ärgern?«

Die Röte auf ihren Wangen verriet ihm, dass er sich nicht irrte. »Nicht alles dreht sich um dich, Bayon.«

»Sagt wer?«, neckte er sie, bevor er sich wieder zurückzog und ihren skeptischen Blick auffing. »Also, was ist passiert?« Sie zog die Brauen zusammen, und auf ihren Blick legte sich der Schatten der Angst, die sie so verzweifelt auslöschen wollte.

»Ich weiß noch, dass er mich eines Abends abgefangen hat, als ich aus dem Cougar's Den kam. Er sagte, er hätte wichtige Informationen für mich, wollte sie mir aber nicht an einem Ort mitteilen, an dem wir abgehört werden könnten. Wir sollten uns am nächsten Abend an unserem geheimen Treffpunkt treffen.«

»Und du hast zugestimmt?«

»Ja. Ich hatte keinen Grund, ihm nicht zu vertrauen. Allerdings war mir aufgefallen, dass an seinem Geruch plötzlich etwas komisch war. Er war …«

»Sauer?«, brachte er den Satz für sie zu Ende.

Sie nickte verblüfft. »Ganz genau.«

Also standen sie definitiv mit den Personen in Verbindung, die Raphael und Ashe angegriffen hatten.

Verdammt.

Wie lange hatten ihre Feinde sie schon ausgespäht und ihre Pläne gegen die Pantera geschmiedet?

Und warum hatten sie bis jetzt gewartet, um zuzuschlagen?

Fragen, auf die er keine Antwort hatte.

Der Puma in Bayon fauchte, er wollte zur Jagd aufbrechen.

»Offenbar fand er, dass der Feind mehr zu bieten hatte als wir«, knurrte er.

»Vielleicht.« Die Schatten in ihrem Blick vertieften

sich. »Ich nehme an, dass ich zu diesem Treffen gegangen bin.«

»Keira.« Er legte eine Hand an ihre Wange, als sie von einem heftigen Zittern geschüttelt wurde. »Was ist los?«

»Ich kann mich nicht erinnern, aber es war etwas Wichtiges«, keuchte sie. Plötzlich lastete der beißende Geruch ihrer Angst in der Luft. »Etwas, das eine Gefahr für alle Pantera ist.«

Vor Besorgnis zog sich ihm das Herz zusammen, als er ihre aufsteigende Hysterie spürte. »Schhh. Versuche nicht, es zu erzwingen.«

Sie erzitterte und versuchte jäh, ihn fortzustoßen, als die Angst sie zu überwältigen drohte. »Also, bist du ein Heiler?«

Bayon wünschte inständig, er wäre es. Vielleicht hätte er dann gewusst, wie er ihr helfen konnte, den belastenden Verlust ihrer Erinnerungen zu überwinden.

Alles, was er ihr anbieten konnte, war eine Ablenkung.

Mit einer Schnelligkeit, die Keira unvorbereitet erwischte, warf er sie auf den Rücken und legte sich auf sie.

»Ich bin voll und ganz Jäger, Süße«, versicherte er ihr und ließ seinem Verlangen, das unablässig in seinem Inneren brannte, freien Lauf, bis der Moschusgeruch seiner Erregung die Höhle erfüllte. »Und zwar einer der Besten, obwohl du nie an mich geglaubt hast.«

In ihren Augen blitzte die goldene Schönheit auf, die er von früher kannte, mit dem Strahlenkranz in reinstem Smaragdgrün in der Mitte.

»An deinen Fähigkeiten als Jäger habe ich nie gezweifelt, Bayon«, fauchte sie. Ihr Ärger war größer als ihre Angst. »Niemals.«

»Nur an meinen Fähigkeiten als Liebhaber?«

Sie holte scharf Luft. »Bayon …«

»Ich muss Talon suchen.« Mit einer fließenden Bewegung kam Bayon auf die Füße und lief zum nächstgelegenen Gang. Er hatte sie ablenken wollen. Nicht alte Wunden bei sich aufreißen, die nie ganz verheilt waren. Aber für einen kurzen, wilden, Moment hatte er die alte Keira gesehen, und er war wieder der alte Bayon gewesen, und er wollte sie für sich gewinnen, wollte sie mehr als sein eigenes Leben. »Ich bringe auf dem Rückweg etwas zu essen mit.«

»Bayon … warte.«

Es dauerte einige Zeit, aber schließlich spürte Bayon Talon im Cougar's Den auf. Die heruntergekommene Bar, die den Pantera gehörte, befand sich am Rand der Sümpfe in einer kleinen Stadt namens La Pierre.

Der jüngere Jäger, dessen dunkles, golden schimmerndes Haar von kupferfarbenen Strähnen durchzogen war, die goldenen Augen umringt von einem Kreis aus Jadegrün, war anscheinend gerade eingetroffen. Seine Stiefel waren staubbedeckt, und sein LSU-Tigers-Sweatshirt war mit etwas befleckt, das nach Asche roch.

»Also?«, fragte Bayon, als er sich neben seinen Freund an die lange Theke stellte und beim Barkeeper mit einem Handzeichen ein kaltes Bier bestellte. »Hast du das Haus gefunden?«

Talon verzog das Gesicht und trank einen Schluck von seinem Privatvorrat an Tequila, den er in einer silbernen Taschenflasche bei sich trug. »Sie haben das Haus in Schutt und Asche gelegt, bevor wir dort waren.«

»Scheiße.« Bayon nahm einen kräftigen Schluck von seinem Bier. Enttäuschung brannte in seiner Magengrube. Obwohl ihre Feinde nur normale Menschen waren, schafften sie es mit konstanter Regelmäßigkeit, den Pantera immer einen Schritt voraus zu sein. Wie zum Teufel war das möglich? »Irgendwelche Spuren?«

»Ja. Sie haben uns zu einem versteckt liegenden Flughafen geführt.«

Ein Flughafen. Bayon knallte seine Flasche auf die Holztheke. Nicht einmal die feinen Sinne eines Pumas konnte die Spur einer Beute durch die Luft verfolgen.

»Dann sind sie endgültig weg.«

Talon legte Bayon eine Hand auf die Schulter und drückte sie tröstend. »Raphael nutzt seine Kontakte bei der Polizei, um die Grundstückseigentümer sowie sämtliche Daten der Bundesluftfahrtbehörde für diese Gegend einzusehen. Einer von denen muss einen Pilotenschein haben.« Die Gier seines Pumas brachte seine Augen zum Glühen. »Sobald er einen Namen herausfindet, haben die mich am Hals.«

Bayon unterdrückte den Drang, Talon daran zu erinnern, dass sie wenigstens ein paar der Schweine am Leben lassen mussten.

Talon konnte blutrünstig sein, aber er war nicht dumm.

»Wie geht es Ashe?«, fragte er stattdessen.

»Sie schlägt sich wacker.« Er senkte die Stimme. Nicht alle Gäste in der Bar waren Pantera. Es war gut möglich, dass Ashes Mutter nur ein paar Hocker weiter saß. »Vorerst.«

Bayon verzog das Gesicht. »Hat jemand etwas von Jean-Baptiste gehört?«

Talon schnaubte. »Du weißt genauso viel wie ich. Wahrscheinlich mehr.«

»Was nicht annähernd ausreicht.« Unvermittelt stand Bayon auf. Er verabscheute das Gefühl, dass sie wie Bauern auf einem Schachbrett durch die Gegend geschoben wurden. »Wir brauchen Antworten.«

Talon hob die Brauen, als er den aggressiven Unterton in Bayons Stimme hörte. »Warum nimmst du das so schwer, *mon ami*?«

Er ballte die Fäuste und sah zu den Poolbillard-Tischen hinüber, wo eine Gruppe männlicher Pantera offensichtlich ohne großes Interesse Kugeln durch die Gegend schubste. Lieber ließen sie die Blicke über die Handvoll Menschen schweifen und dann zum Eingang des Clubs, als rechneten sie jeden Augenblick mit einem Ausbruch von Gewalt.

»Spürst du es nicht?«, raunte Bayon.

»Was?«

»Das Böse.« Bayon erzitterte unter dem plötzlichen, überwältigenden Bedürfnis, bei Keira zu sein. Das war verrückt, wenn man bedachte, dass er die Höhle verlassen hatte, um von ihr wegzukommen. Andererseits beschrieb das ziemlich gut ihre unberechenbare Beziehung. »Ich muss gehen.«

Bayon ignorierte die Aufforderungen der anderen Pantera, ein Bier mit ihnen zu trinken, verließ die Bar und hielt direkt auf ein nahegelegenes Restaurant zu, in dem es nach altem Fett und gebratenen Zwiebeln roch. Obwohl der Gestank seinen Puma vor Ekel schaudern ließ, ging er fest entschlossen zur Theke am Eingang und holte die Bestellung ab, die er telefonisch aufgegeben hatte, bevor er in die Stadt gekommen war.

Nachdem er gezahlt hatte, schnappte er sich die Papiertüre und machte sich in einer Geschwindigkeit, bei der sämtliche heimischen Wildtiere in Deckung huschten, auf den Rückweg zu den Höhlen. Selbst die Alligatoren waren klug genug, einem Pantera, der auf einer Mission war, aus dem Weg zu gehen.

Während er über umgekippte Baumstämme und Bäche voller Wasserlilien sprang, versuchte er sich auf die Frage zu konzentrieren, wie er Raphael beim Aufspüren der Entführer unterstützen könnte. Er hatte keine persönlichen Kontakte zur Menschenwelt, aber er war ein Jäger, und er verstand etwas von Beute.

Sobald die Männer in ihr Haus zurückgekehrt waren und Keiras Verschwinden bemerkt hatten, mussten sie erkannt haben, dass ihr Unterschlupf nicht mehr sicher war. Diese Entdeckung musste eine im Voraus geplante Flucht ausgelöst haben, und zu diesem Plan hatte auch das Niederbrennen des Hauses gehört. Aber sie konnten nicht ohne Hilfe verschwunden sein.

Das bedeutete: Handytelefonate, Geldtransfers, neue Identitäten.

All diese Dinge wurden mit Sicherheit bereits von den Geeks untersucht, der Fraktion der Jäger, die sich die Technik zunutze machten, um die Wildlands zu schützen und ihre Feinde zu verfolgen.

Sie waren kein bisschen weniger gefährlich als die Krieger.

Dann verschwammen die verschiedenen Möglichkeiten, den Aufenthaltsort der Dreckskerle zu ermitteln, in seinem Kopf, da seine Aufmerksamkeit wieder von der Frau angezogen wurde, die ihm auf so wunderbare Weise zurückgebracht worden war.

Himmel, so lange hatte er um sie getrauert. Die ganze Zeit über hatte er ein Loch in seinem Herzen gehabt, das er hinter seinem Image als lüsterner Puma auf der Pirsch verborgen hatte.

War es da ein Wunder, dass er neben der Spur war, seit er sie in diesem Käfig gefunden hatte?

Im einen Moment wollte der überbehütende Teil von ihm sie in Watte packen, bis er sicher sein konnte, dass sie wieder ganz gesund war, und im nächsten fauchte der Puma in ihm vor Verlangen, sie auf primitivste Weise in Besitz zu nehmen, damit er sie nie, nie wieder verlieren würde.

Stirnrunzelnd über diese verworrenen Empfindungen, die er seit fünfundzwanzig Jahren nicht mehr gehabt hatte, betrat er inmitten der tiefsten Sümpfe die Wildlands und lief direkt zu den Höhlen. Am Eingang blieb er kurz stehen, um sicherzugehen, dass niemand hier gewesen war, bevor er sich tief duckte, damit er sich beim Eintreten nicht den Kopf stieß. Dann folgte er mit einem wilden Lächeln Keiras berauschendem Duft in die hintere Höhle.

Sie saß neben dem Wasserfall und spielte mit den Fingerspitzen im Wasser des Sees. Durch die Öffnung in der Decke fiel Sonnenlicht herein und tauchte sie in einen goldenen Schimmer.

Es nahm ihm den Atem, ihr dunkles Haar zu sehen, das ihr wie Satin auf den schlanken Rücken fiel, und ihr zierliches Profil, das ihm so schmerzlich vertraut war. Wie oft hatte er ihre überwältigende Schönheit schon aus der Ferne bewundert? Wie oft hatten ihn diese femininen Züge in seinen Träumen heimgesucht?

Sein Blick glitt an ihr herab. Sie hatte ihre Kleidung gefunden, die Parish in einer der Höhlen aufbewahrt hatte, und trug jetzt eine tiefsitzende Jeans und ein abgeschnittenes Oberteil, das einen verführerischen Blick auf ihre schlanke Taille freigab.

Der Puma in ihm fauchte anerkennend, und als er auf sie zulief, durchbrach das Verlangen, das er so streng unterdrückt hatte, alle Barrieren.

Keira war zu Hause. Und zumindest körperlich war sie auf dem Weg der Genesung.

Und sie gehörte ihm.

Mehr brauchte der Puma in ihm nicht zu wissen.

Der Mann in ihm machte sich immer noch Sorgen wegen der Mistkerle, die sie ihm weggenommen hatten. Und weil ihre Erinnerungen nicht zurückkehren wollten. Warum sie Angst davor hatte, dass andere von ihrer Rückkehr erfuhren. Aber der Puma …

Ja, der war sehr zufrieden.

Oder würde bald zufrieden sein. Sobald Keira unter ihm lag und vor Lust seinen Namen schrie.

Sehr, sehr bald.

Keira war in ihre Gedanken versunken, doch als er über den glatten Steinboden lief, fuhr sie herum, hob automatisch die Hand und fing die Papiertüte auf, die er ihr zuwarf.

»Ich dachte, du hast vielleicht Hunger.«

»Ich bin halb verhungert«, gab sie zu und spähte in die Tüte, bevor sie den Kopf hob und ihn mit vorsichtigem Blick ansah. »Das weißt du noch?«

Mit einem Satz war er am Rand des Sees, und als ihr warmer Moschusduft ihn einhüllte, versuchte er nicht mehr, seine Erregung zu verbergen.

»Alles«, gestand er. Er würde nicht länger so tun, als wäre sie nur eine alte Freundin, die nach Hause gekommen war.

Ihr zuvor so kühner Blick war unstet, als sie einen der fettigen Burger aus der Tüte holte und ihn mit zwei Bissen verschlang.

»Du hattest erwähnt, dass Parish eine Gefährtin hat?«, fragte sie.

Bayon lächelte. Natürlich interessierte sie sich für ihren Bruder. Und für dessen neue Gefährtin. Aber er erkannte ein Ablenkungsmanöver, wenn er es vor der Nase hatte.

»Es ist alles noch recht frisch.« Er strich mit den Fingerspitzen über ihren Rücken. »Sehr frisch.«

Sie vertilgte einen weiteren Burger, konnte einen wohligen Schauer aber nicht unterdrücken. »Wer ist die Glückliche?«, brachte sie hervor.

Er zeichnete den Saum ihres Oberteils nach. »Julia. Eine menschliche Ärztin.«

Nachdem sie ihre Mahlzeit beendet hatte, schob sie die Tüte beiseite und warf ihm über die Schulter einen überraschten Blick zu.

»Ein Mensch?«

»Glaub mir, keiner war darüber mehr schockiert als dein sturer Hund von einem Bruder«, gestand er. »Nach deinem … Verschwinden hat er der gesamten Menschheit die Schuld gegeben.« Er kitzelte die empfindliche Mulde an ihrem unteren Rücken. »Eine Zeit lang dachte ich, ich müsste ihn einsperren, damit er nicht Amok läuft und ein Blutbad anrichtet.«

In dem smaragdgrünen Strahlenkranz in ihren Augen schwelte das gleiche Verlangen wie in ihm.

Aber offenbar hatte sie nicht vor, die Wahrheit einzugestehen. Sture Katze.

»Was hältst du von dieser Julia?«, fragte sie.

Er zuckte die Achseln. »Wir wissen nicht viel über sie, aber sie hat Ashes Baby gerettet, deshalb hat sie meinen Segen.«

»Ashe?« Verwirrt runzelte Keira die Stirn. »Baby?«

So knapp wie möglich enthüllte Bayon ihr die verblüffende Neuigkeit, dass Raphael nun eine Gefährtin namens Ashe hatte und diese obendrein noch das erste Pantera-Baby seit mehr als fünfzig Jahren erwartete. Ebenso wie die Tatsache, dass es vor Kurzem einen Angriff auf sie gegeben hatte.

»Ein Baby.« Ihr Lächeln war voll echter Freude. »Oh, mein Gott.«

»Dieses Kind könnte der Erlöser der Pantera sein, aber nur, wenn wir es vor unseren Feinden beschützen können.« Seine Miene war bitter. »Als ich dich fand, war ich den Dreckskerlen, die Ashe angegriffen haben, auf der Spur.«

Sie drehte sich zu ihm um. »Habt ihr sie erwischt?«

»Noch nicht.« Er zog eine Grimasse. »Sie haben das Haus angezündet und sind abgehauen.«

Ohne Vorwarnung richtete sie sich auf. Der Puma in ihr war begierig darauf, auf die Jagd zu gehen. »Ich werde sie finden.«

Bayon reagierte, ohne nachzudenken. Im einen Augenblick hockte er noch neben dem See, und im nächsten hatte er Keira flach auf den Rücken geworfen und lag auf ihrem erstarrten Körper.

»Den Teufel wirst du tun«, fauchte er.

Ihre Augen flackerten gefährlich golden auf, ihr Puma reagierte auf sein dominantes Verhalten. »Vielleicht hast du vergessen, dass ich diejenige bin, die hier die Anweisungen gibt«, fauchte sie.

Er legte einen Finger an ihre Lippen, um den wütenden Worten Einhalt zu gebieten. »Oh nein, Süße. Es gibt einen neuen Sheriff in der Stadt.«

Die Augen skeptisch zusammengekniffen, schüttelte sie seine Hand ab. »Was zum Teufel soll das heißen?«

»Ich befolge keine Anweisungen von dir. Genau genommen werde ich in den nächsten Stunden derjenige sein, der hier die Anweisungen gibt.«

Sie schnaubte unbeeindruckt. »Und du erwartest, dass ich gehorche?«

Ein verruchter Zug schlich sich in sein träges Lächeln. »Ich erwarte nicht nur, dass du gehorchst, ich erwarte, dass du nach mehr bettelst«, erläuterte er.

Hätten Blicke töten können, wäre er auf der Stelle tot umgefallen.

»Mach nicht den Fehler, mich wie eine deiner Tussis zu behandeln«, brachte sie warnend zwischen zusammengebissenen Zähnen hervor.

Sie war wunderschön, wenn sie eifersüchtig war.

In ihren Augen glühte smaragdgrünes und goldenes Feuer. Sie stemmte die Hände gegen seine Brust, und ihr Puma zerrte an seiner Leine.

Er stutzte das Gewicht seines Oberkörpers auf die Ellbogen und ließ seine Hände unter das zu freizügige Oberteil gleiten.

»Was weißt du denn über meine Tussis?«

»Sie waren kein Geheimnis.« Ihre Stimme wurde tief und rau, als seine Hände die Erhebungen ihrer Brüste fanden. »Im Speisesaal wurde immer darauf gewettet, wie lange die eine noch aktuell sein würde und wer als Nächste in dein Bett kriechen würde.«

»Und dir ist nie in den Sinn gekommen, dass diese

ganzen Geschichten mehr Mythos als Wahrheit waren?«

»Ja, klar.«

Sie versuchte, skeptisch zu klingen, doch ihm entging nicht ihr leises, lustvolles Aufstöhnen, als er ihre erwartungsvoll aufgerichteten Brustwarzen zwischen die Finger nahm. Er zupfte daran, kräftig genug, um ihr ein Zischen wachsenden Verlangens zu entlocken.

»Ich bin sicher keine Jungfrau mehr, aber …«

»Die Untertreibung des Jahrhunderts.«

In einer ungeduldigen Bewegung riss er ihr das winzige Oberteil vom Leib und umfasste mit behutsamer Andacht ihre prallen Brüste.

»Aber mein Ruf war extrem übertrieben.«

Sie stöhnte, ihre Krallen traten hervor und ritzten die Haut an seiner Brust auf. »Das bezweifle ich.«

»Warum?«, raunte er, abgelenkt von dem spektakulären Anblick ihrer rosigen Nippel, die ihn anflehten, geküsst zu werden.

»Weil du mit jedem weiblichen Wesen in den Wildlands geflirtet hast.«

»Hast du mit jedem Mann geschlafen, mit dem du geflirtet hast?«

»Also gut.« Sie räusperte sich. »Was ist mit den Frauen, die du in New Orleans hattest?«

Bayon erhob sich, um seine Stiefel und die Jeans abzustreifen und sich dann zwischen Keiras Beine zu knien, während er sich das T-Shirt über den Kopf zog.

»Da gab es keine Frauen.«

4

Zitternd stützte Keira sich auf die Ellbogen, um den Mann zu betrachten, der wie ein Eroberer aus alter Zeit zwischen ihren Schenkeln kniete.

Sie hätte wütend sein müssen.

Sie war eine Alpha. Männer warfen sie nicht einfach zu Boden und machten mit ihr, was sie wollten.

Es sei denn, sie legten es darauf an, dass ihnen die Kehle durchgebissen wurde.

Warum also lag sie hier wie ein hilfloses Kätzchen?

Vielleicht, weil das Verlangen nach diesem Mann sie so dermaßen vereinnahmte, dass sie an nichts anderes denken konnte als daran, diesen harten, braun gebrannten Körper auf ihrem zu spüren.

Vielleicht aber auch, weil sie nur schwer akzeptieren konnte, dass er nicht der testosterongetriebene Playboy war, für den sie ihn so lange gehalten hatte.

»Warum hast du dann alle glauben lassen, dass du eine Wohnung in New Orleans unterhältst, in der du deine jeweils aktuelle Geliebte unterbringst?«, bohrte sie.

In seinen Augen breitete sich ein goldenes Leuchten aus, während sein innerer Puma sie mit rastloser Begierde musterte.

»Weil ich nicht wollte, dass ein Haufen neugieriger Kater die Nasen in meine Angelegenheiten steckt.«

Sie runzelte die Stirn. Plötzlich spürte sie das drängende Bedürfnis zu erfahren, was Bayon vor den anderen verborgen hatte. »Ist es ein Geheimnis?«

Er zögerte, als wöge er ab, ob er die Wahrheit eingestehen sollte oder nicht. Dann zuckte er leicht mit den Schultern.

»Meine Mutter war eine geborene Versorgerin«, sagte er schließlich.

Keira nickte. Alle Pantera mochten Bayons Mutter. »Ich erinnere mich, dass sie für den Kindergarten verantwortlich war«, sagte sie mit liebevoller Stimme. »Ich kann gar nicht zählen, wie oft sie meine Wehwehchen geküsst oder mir heimlich einen Schokokeks zugesteckt hat, wenn die anderen Mädchen mich geärgert haben, weil ich nicht wie sie mit Puppen spielen wollte. Deine Mutter wird immer einen besonderen Platz in meinem Herzen haben.«

Zuneigung ließ seine harten Züge weicher werden. »In unser aller Herzen.«

»Ich verstehe nicht, was das mit New Orleans zu tun hat.«

»Als die Pantera keine Kinder mehr bekamen, wurde der Kindergarten geschlossen.« Er verzog das Gesicht. »Meine Mutter war … am Boden zerstört.«

»Natürlich«, flüsterte Keira. Sie wünschte, sie hätte sich schon früher vor Augen geführt, wie schwierig die letzten Jahre für die Versorger gewesen sein mussten.

»Weil ich befürchtete, sie könnte ihren Lebenswillen verlieren, habe ich nach einem Projekt gesucht, um sie zu beschäftigen.«

»Was für ein Projekt?«

»Ich habe in New Orleans ein Kinderheim eröffnet.« Er verzog den Mund, als sich ihre Augen erschrocken weiteten. »Es schien mir die perfekte Lösung zu sein. Meine Mutter hatte den Menschenkindern unendlich viel Liebe zu geben.«

»Oh.« Ihr Herz schmolz. Sie hatte immer gewusst, dass Bayon etwas Besonderes war. Diese Sache bewies nur, *wie* besonders er war. »Warum zum Geier hast du so ein Geheimnis daraus gemacht?«

»Ich habe es für meine Mutter getan«, sagte er. »Niemand brauchte etwas davon zu erfahren. Außerdem ...«

»Außerdem was?«

Sein Blick glitt über ihre nackten Brüste. »Außerdem solltest du glauben, dass ich in New Orleans einen ganzen Harem habe.«

»Warum?«

»Du weißt, warum.«

Das tat sie. Es war der gleiche Grund, aus dem sie vorgegeben hatte, mit Sean zusammen zu sein.

Alberne Spielchen, die dazu dienen sollten, Barrieren zwischen ihnen zu errichten.

Doch jetzt hatte die Wahrheit diese Mauern niedergerissen, und keiner von ihnen konnte mehr das rohe, wilde Verlangen leugnen, das zwischen ihnen pulsierte.

Langsam senkte sie den Blick und sah die gewaltige Erektion, die noch größer zu werden schien, während sie sie mit unverhohlenem Begehren betrachtete.

»Du spielst mit dem Feuer, Süße«, flüsterte er, als er sich neben sie legte.

»Das ist verrückt.«

»Nicht so verrückt, wie zu verleugnen, was wir beide wollen.« In seinem Blick leuchtete sein Puma, als er ihre Hand nahm und sie auf sein Glied drückte. »Fühl nur, was du mit mir machst?«

»Bayon.«

Sie konnte nicht widerstehen, schloss die Hand um seine Erektion und strich bis zu seinen schweren Hoden hinab, um dann wieder nach oben zu gleiten, wo die breite Eichel bereits feucht von seinem Samen war.

Zitternd fuhr er seine Krallen aus und zerfetzte erst ihre Jeans und dann ihren winzigen Spitzentanga. Sie öffnete den Mund, um dagegen zu protestieren, doch es kam nur ein Stöhnen heraus, als er ihren nackten Po packte und seine Finger sich Lust verheißend in ihre Haut gruben.

»Viel zu lange habe ich zugelassen, dass du mich auf Abstand hältst.« Er sah ihr tief in die Augen. »Das wird nicht noch einmal geschehen.«

Sie zwang sich, den Blick nicht abzuwenden. Sie wollte nichts mehr verstecken. »Weißt du, warum ich Angst hatte, dich an mich heranzulassen?«

»Weil ich mich nicht von dir hätte kastrieren lassen wie deine anderen Gespielen?«

Bewusst langsam schob sie die Hand an seinem

Glied hinab und genoss es, zu sehen wie die feine Schweißschicht, die plötzlich auf seiner gebräunten Haut lag, glitzerte.

»Weil ich Angst hatte, dass du meine Autorität als Anführerin der Jäger unterwandern könntest«, gestand sie offen. »Ich musste schon hart genug darum kämpfen, als Alpha ernst genommen zu werden, auch ohne, dass du mich wahnsinnig machst.«

»Das hätte ich vielleicht versucht«, gab er zu. Seine Lippen verzogen sich zu dem jungenhaften Grinsen, gegen das ihr Herz machtlos war. »Aber ich bin sicher, du hättest mir die Eier abgeschnitten, wenn ich zu unausstehlich geworden wäre.«

Kluger, kluger Puma.

Er wusste ganz genau, was er sagen musste.

Und wo er sie berühren musste, dachte sie anerkennend, als seine Finger sich von ihrem Po lösten, um die Kontur ihrer Taille nachzuzeichnen.

»Mein Drang nach Dominanz macht dir nichts aus?«, drängte sie, denn sie wusste, dass seine Antwort darauf wichtig war.

Der Puma in ihr würde in einer unterwürfigen Rolle niemals glücklich werden.

»Sagen wir, ich bin kompromissbereit«, erwiderte er. Sein keuchender Atem erfüllte die Luft. »Ich muss nicht immer die Führung übernehmen.«

Ohne Vorwarnung packte er sie an den Hüften und drehte sie so, dass sie auf ihm lag. Winzige Funken der Glückseligkeit durchfuhren sie, als ihr bereits feuchtes Fleisch auf seine Erektion gepresst wurde.

»Oh, verdammt«, seufzte sie.

»Wir werden nicht mehr leugnen, was zwischen uns ist, Keira?«

Sie fing seinen Blick auf, der in strahlendem Gold loderte.

So lange hatte sie sich gegen diesen Augenblick gewehrt. Schon seit sie gespürt hatte, dass dieser Puma dazu bestimmt war, mehr als nur ein weiterer Geliebter für sie zu sein.

Sie konnte nicht länger dagegen ankämpfen.

»Nie mehr«, flüsterte sie.

Er hob die Hände an ihren Busen, und sein Puma sah sie mit sinnlicher Intensität an.

»Gib zu, dass du mich willst«, drängte er sie, während er ihre Brustwarzen mit beinahe schmerzhaftem Druck knetete.

»Ich will dich«, keuchte sie.

»Bayon.« Seine Stimme war schwer vor Verlangen. »Sag meinen Namen.«

»Bayon.«

Er lächelte befriedigt. »Jetzt zeig mir, was du willst.«

Sie stützte die Hände neben seinen Schultern ab, beugte sich vor und neigte den Kopf auffordernd zur Seite. Mit einem erfreuten Knurren grub Bayon die Zähne in die zarte Stelle zwischen ihrem Hals und ihrer Schulter.

Die gleiche Stelle, an der er sie geprägt hatte.

Sie erzitterte und rieb sich an seiner harten Erektion, als sich seine Reißzähne in ihr Fleisch bohrten.

»Warte.« Unerbittlich hielt er sie an den Hüften fest, während er die winzigen Wunden an ihrem Hals küsste. »Du wirst doch nicht durchdrehen, wenn du erst mal mir gehörst, oder?«

Sie hob die Brauen und ließ die Fingerspitzen über seine Brust gleiten. *Wenn du erst mal mir gehörst.* Die Worte hätten ihr Angst machen sollen.

Stattdessen waren sie seltsam erregend.

Nach fünfundzwanzig Jahren grausamer Isolation, in denen sie von allem und jedem, der ihr etwas bedeutete, abgeschnitten gewesen war, war ihr vollkommen bewusst, was für ein wertvolles Geschenk er ihr anbot.

Nie wieder bräuchte sie Angst zu haben, ihr Herz der Liebe zu öffnen.

»Die gleiche Frage könnte ich dir stellen.«

Er stieß ein lustvolles Zischen aus, als sie mit den Krallen über seine Haut strich, gefährlich kurz davor, die Oberfläche aufzuritzen.

»Das hier ist alles, was ich immer gewollt habe. Aber du bist noch nicht wieder ganz erholt.«

»Meine Erinnerungen sind vielleicht noch verschwommen, aber davon abgesehen bin ich wieder gesund. Die Schweine haben mich gefoltert, indem sie mich in diesem verfluchten Käfig gefangen gehalten haben, und mit diesem Halsband haben sie meinen Puma unterdrückt.« Sie sah ihn fest an. »Aber sie haben mich nie angefasst.«

»Oh, verdammt.« Sein heiserer Atem strich durch die Luft. »Für das, was sie dir angetan haben, werde ich sie bei lebendigem Leibe häuten. Zum Teufel, ich habe mir bereits geschworen, dass ich sie in Stücke hacken und an die Alligatoren verfüttern werde. Aber ich hatte solche Angst …«

Sie knabberte an seiner Unterlippe. »Es geht mir gut. Und ich weiß, was ich will.«

»Gut.«

Ein Stöhnen drang aus ihrer Kehle, als seine Lippen über die Rundung ihres Busens wanderten und sich endlich um ihre sehnsüchtig schmerzende Brustwarze schlossen.

Sie presste die Lider zusammen, als rohe, pure Lust sie durchfuhr. Seine Körperwärme. Der raue Strich seiner Zunge. Seine seidigen Haare, die über ihre Haut glitten.

Sie war ausgehungert nach Nähe.

Jetzt kostete sie jede Berührung, jede Zärtlichkeit aus, als wäre es das erste Mal.

»Oh … Gott, ja.«

Vorsichtig nahm er ihre Brustwarze zwischen die Zähne. »Gefällt dir das?«

»Fester«, flüsterte sie.

»So?«

Er biss zu, bis sie vor Lust den Rücken durchbog. »Perfekt.«

»Du bist perfekt.« Er ging dazu über, ihre andere Brustwarze mit den Lippen zu quälen, daran zu lecken und zu knabbern, bis Keira die Finger in seine Schultern grub. »Fähig. Klug. Bereit, in ein paar Hintern zu treten, wenn es nötig ist.«

Sie zitterte. Seine sanften Worte waren so erregend wie seine geschickten Berührungen.

Oh, verdammt, sie verbrannte bei lebendigem Leibe.

Andere Frauen hätten sich ihr erstes Mal mit einem potenziellen Gefährten vielleicht als langsame, romantische Verführung gewünscht, aber Keira war nicht wie die anderen.

Sie nahm sich, was sie wollte.

Und sie wollte Bayon so sehr, dass es sie zu überwältigen drohte.

Als hätte er gespürt, dass sie die Kontrolle verlor, betrachtete Bayon sie mit einem Blick, der ihr Herz einen Schlag aussetzen ließ.

Es war ein Blick, der von Lust und Begehren sprach und … von blanker, männlicher Besitzgier.

Mit beiden Händen umfasste er ihr Gesicht, zog sie zu sich herab und küsste sie mit sehnsuchtsvoller Zärtlichkeit. Keira seufzte. In jüngeren Jahren hatte sie zahllose Stunden damit zugebracht, von diesem Mann zu fantasieren, aber nichts hätte sie auf die Realität vorbereiten können.

Sie erkundete seine starken Brustmuskeln. Seine Haut war warm und seidig. Die perfekte Versuchung für die Katze in ihr, und mit einem begehrlichen Stöhnen gab sie dem Bedürfnis nach, sein Gesicht mit Küssen zu bedecken, bevor sie sich mit der Zunge einen Weg zu seinem kraftvollen Hals suchte.

»Du schmeckst so gut, Bayon«, flüsterte sie, während sie ihn mit winzigen Bissen und Knabbereien neckte.

»Eigentlich müsste ich probieren, wie du schmeckst«, knurrte er und packte ihre Hüften in dem Versuch, die Kontrolle zurückzugewinnen.

Er war ein solches Alphatier.

»Diesmal führe ich, weißt du noch?«, flüsterte sie, während sie sich unaufhaltsam weiter nach unten bewegte.

»Ich ... oh, verdammt.«

»Soll ich aufhören?«

»Keira«, keuchte er heiser, als sie zu den Muskeln an seinem unteren Bauch kam.

»Mmmm?«

»Wenn du aufhörst, bringe ich dir nie wieder fettige Burger mit«, presste er hervor.

Sie kicherte, während sie ihren Busen an seinem harten Körper rieb und sich unter Küssen einen Weg zu seiner gewaltigen Erektion bahnte. Beide rangen nach Luft, als die Reibung ihrer nackten Haut elektrische Funken sprühen ließ. Aber es war ein verdammt gutes Gefühl. Sie krümmte die Krallen und drückte Bayon zu Boden, und dann nahm sie seine breite Eichel zwischen die Lippen.

Sein Lustschrei hallte von den Höhlenwänden wider, und der würzige Moschusduft seines Pumas stieg in die Luft. Sie fuhr mit der Zunge über seine Eichel und schnurrte, als sie ihn schmeckte. Dann öffnete sie die Lippen weiter und nahm ihn tiefer in den Mund.

Bayon hob die Hüften an. Zischend drang der Atem zwischen seinen zusammengebissenen Zähnen hervor, während sie in aller Ruhe jeden eindrucksvollen Zentimeter von ihm auskostete und mit den Zähnen über seinen pochenden Schaft fuhr, bevor ihre Zunge einer dicken Ader folgend wieder zur Spitze hinaufglitt.

»Warte.« Er wob die Finger in ihre Haare, als sie ihn so tief in sich aufnahm, dass sie seine Eichel in ihrer Kehle spürte. »Oh, Gott, Süße, ich muss in dir sein, wenn ich komme.«

Quälend langsam hob sie den Kopf und entließ ihn.

Er fluchte und zog an ihren Haaren, damit sie weiter nach oben rutschte. Keira stieß ein Knurren köstlicher Vorfreude aus.

Es war so lange her, dass sie ein so starkes, unkompliziertes Verlangen gespürt hatte. Sie war nicht einmal sicher, ob sie *diese* Art von Verlangen überhaupt schon einmal gespürt hatte. Sämtliche Nerven in ihrem Körper standen unter Strom und waren so empfindlich, dass sie glaubte, jeden Moment in Flammen aufzugehen.

»Herrisch und ungeduldig«, raunte sie. »Ich habe gerade erst angefangen.«

Ohne Vorwarnung packte er sie an den Hüften, riss sie an sich und raubte ihr den Atem, als sich seine hervorstehende Erektion in die feuchte Hitze zwischen ihren Beinen drückte.

Sie seufzte, und das unablässige Pochen in ihrer Scham wurde drängender, als die breite Spitze seines Schwanzes ein winziges Stück in sie eindrang. Doch anstatt sich ganz in sie zu schieben, packte Bayon ihre Hüften und sah sie mit schwelendem Blick an.

»Beim nächsten Mal kannst du so viel spielen, wie

du willst«, sagte er mit belegter Stimme. »Aber Keira, ich habe dich mein ganzes Leben lang herbeigesehnt«, keuchte er. »Ich kann keine Sekunde länger warten.«

Allmächtiger Gott, sie steckte in Schwierigkeiten.

»Bayon.«

»Jetzt bin ich an der Reihe, von dir zu kosten«, stellte er fest und zog sie an seine erwartungsvollen Lippen. »Du sollst mich anflehen, bevor ich mit dir fertig bin.«

In seinem Lächeln lag ein verruchtes Versprechen, als er ihre Lippen mit einem Kuss voller Verlangen versengte. Sie konnte den Puma in ihm schmecken, und diese knisternde Empfindung sandte Explosionen der Lust durch ihren Körper.

Dann, nachdem er ihr Gesicht mit Küssen bedeckt hatte, strich seine Zunge endlich an ihrem Hals hinunter. Keira grub die Finger in seine Schultern und er zog sie weiter nach oben, um mit den Zähnen ihre zarte Brustwarze einzufangen. Sie schnurrte leise, als er an ihrem empfindlichen Fleisch knabberte, und das durchdringende Glücksgefühl, das durch ihren Körper schoss, ließ sie den Kopf in den Nacken werfen. Dann widmete er sich ihrer anderen Brustwarze und trieb ihr Verlangen nach ihm auf die Spitze.

Sie musste ihn in sich spüren.

Sofort.

Aber Bayon war noch nicht fertig damit, sie auf die Folter zu spannen. Als sie sich auf seinen harten Schwanz gleiten lassen wollte, zog er sie erbarmungslos auf die Knie. Fluchend blickte sie an sich hinab und sah, wie seine Lippen ihre straff gespannten Bauchmuskeln erkundeten, wie seine Zunge hervorschnellte und einen Schauer sengender Lust durch ihren Leib sandte.

Sie stöhnte und senkte die schweren Lider, als seine langen, spitzen Zähne der Rundung ihre Hüfte folgten und dann zur Innenseite ihres Oberschenkels glitten.

Okay, sie würde ihn den Alpha spielen lassen. Nur dieses eine Mal.

Dann fanden seine suchenden Lippen ihre feuchte Scham, und alle logischen Gedanken wurden vernichtet. Es war so verdammt gut.

Beinahe hätte sie vergessen zu atmen, als seine Zunge über das empfindliche Fleisch strich und sie die Finger in sein dichtes, seidiges Haar grub.

Es hatte etwas Unartiges, mit gespreizten Beinen über ihm zu knien, während er sie geschickt mit der Zunge verwöhnte. Allerdings hatte sie vor, noch um einiges unartiger zu werden, bevor der Tag vorüber war.

Während er sie weiterhin an der Hüfte festhielt, fand Bayon ihre Klitoris und saugte sanft daran, bis sich der magische Druck in ihr aufbaute.

»Jetzt weiß ich, warum ich dich Süße genannt habe«, sagte er heiser. »Du schmeckst wie Sahne und Honig …«

»Oh, Gott, Bayon, ich bin kurz davor«, keuchte sie.

»Ja«, raunte er und führte sie zu seiner Erektion, die sich ihr entgegendrängte.

Dann drang er langsam in ihre feuchte Spalte ein.

Stöhnend drängte Keira sich ihm entgegen, um ihn tiefer in sich aufzunehmen. Sie hatte gewusst, dass er groß war, schließlich hatte sie ihn im Mund gehabt. Aber sie hatte nicht gewusst, wie es sein würde, von dieser wundervollen Härte bis zum Äußersten gedehnt zu werden. Jetzt seufzte sie leidenschaftlich auf. Nach dem Gefühl, von einem so riesigen Schwanz durchbohrt zu werden, hätte sie süchtig werden mögen.

Es kam wirklich auf die Größe an.

Sie spreizte die Knie, damit er sich noch tiefer in ihr versenken konnte, und lächelte mit verruchter Befriedigung, als er anerkennend zischte. Gute Arbeit musste belohnt werden, und Bayon war wahrhaft ein Meister darin, einer fordernden Frau Lust zu bereiten.

Keira kostete sein langsames, gleichmäßiges Tempo aus, bis sie schließlich die Hände an seine Brust legte und ihm fest in die Augen sah, die katzenhaft golden geworden waren. Mit einem Handstreich ritzten ihre Krallen seine Haut auf und hinterließen ihr Zeichen, das von seinem Schlüsselbein bis direkt über seine Brustwarzen reichte.

Die Luft erzitterte unter seinem erschrockenen Aufschrei, der in ihrem Körper vibrierte, während sich der Puma in ihr mit seinem Gefährten verband.

»Du gehörst mir«, sagte sie atemlos.

»Du gehörst mir«, keuchte er. »Für immer.«

Sie hob die Hüfte an, bis nur noch die Spitze seines Glieds in ihr war, und stieß dann schnell und hart wieder herab. Zuckend hoben sich seine Hüften vom

Boden, und sein lustvolles Fauchen war Musik in ihren Ohren.

Keiras Euphorie darüber, mit diesem Mann verbunden zu sein, perlte in ihr wie feinster Champagner.

Dieser Puma würde bis in alle Ewigkeit ihr gehören.

Wie hatte sie nur jemals versuchen können, ihn von sich zu stoßen?

Weil sie nicht weiter darüber nachdenken wollte, wie kurz sie davor gewesen war, diesen starken, treuen, atemberaubend leidenschaftlichen Mann zu verlieren, konzentrierte sie sich auf das Gefühl von Bayons immer tiefer werdenden Stößen, und ihr leises Keuchen durchzog die Luft, als sich ihre Muskeln kurz vor dem Orgasmus zusammenzogen.

Bayon packte sie fester und barg das Gesicht an ihrem Hals. Und dann, während er in rasendem Tempo in sie stieß, grub er die Krallen in ihr Kreuz und hinterließ in dem Moment sein Zeichen auf ihr, als er sie in einen alles erschütternden Orgasmus katapultierte.

Keira zuckte in Ekstase, ihre Muskeln zogen sich um ihn zusammen, als er noch ein letztes Mal zustieß und unter der gewaltigen Lust seines eigenen Höhepunkts aufschrie.

5

Bayon zog Keira fest in seine Arme. Sie lagen am Rande des Sees und badeten in den letzten Sonnenstrahlen, die durch die schmale Öffnung über dem Wasserfall hereinfielen.

Gefährten.

Das Wort drang in seine Seele und füllte den leeren Raum aus, wegen dem er sich viel zu lange nur halb lebendig gefühlt hatte.

Diese Frau vervollständigte ihn auf eine Weise, die sich jeder Erklärung entzog.

Die weiche Haut an ihrer Schläfe liebkosend, merkte er, wie ihre Gedanken aus dem sinnlichen Nebel auftauchten, der sie in den Bann geschlagen hatte. Sie hob den Kopf und sah ihn vorsichtig an.

»Also, das war …«

»Wundervoll, überwältigend, der beste Sex, den du je hattest?«, schlug er hilfsbereit vor.

Sie leckte sich über die Lippen, was ihm einen Stoß purer Lust durch den Körper jagte. Obwohl er gerade erst den besten Orgasmus seines Lebens gehabt hatte, war sein Schwanz schon wieder hart und bereit für die nächste Runde.

»Unerwartet«, sagte sie.

Er runzelte die Stirn, als ein plötzlicher Stich der

Angst sein Herz durchbohrte. »Du bereust doch nicht, dass du meine Gefährtin geworden bist, oder?«

Ihre Brauen hoben sich in ehrlicher Überraschung. »Gott, nein. Das hätten wir schon viel früher tun sollen.«

»Allerdings«, raunte er. Der angstvolle Knoten in seiner Magengrube löste sich in pure Erleichterung auf. Keira hatte sich so lange gegen ihre Verbindung gesperrt, dass er nicht vollkommen sicher gewesen war, ob sie nicht vor Schreck davonlaufen würde, wenn ihr klar wurde, dass sie es tatsächlich getan hatte. »Was macht dir dann zu schaffen?«

»Ich komme mir egoistisch vor.«

»Egoistisch?«

»Unser Volk ist in Gefahr.« Das Smaragdgrün ihrer Augen verdunkelte sich vor Sorge. »Du müsstest draußen auf der Jagd nach unseren Feinden sein, statt meine Bedürfnisse zu befriedigen.«

Er legte die Hand auf ihren nackten Hintern und drückte sie an seinen prallen Schaft. »Es gefällt mir, deine Bedürfnisse zu befriedigen.

Sie kniff die Augen zusammen. »Bayon.«

Kichernd küsste er sie auf die Nasenspitze. »Vertrau mir, Keira. Es wird alles getan, was möglich ist«, versicherte er ihr. »Sobald Talon einen Namen oder eine Adresse herausgefunden hat, bin ich wieder auf der Jagd.«

Ihre immer noch blassen Züge verspannten sich unter den aufwallenden Gefühlen. »Ich muss mithelfen.«

Bayon hatte gewusst, dass dieser Moment kommen

würde. Keira war zu dominant, als dass sie freiwillig in den Höhlen zurückgeblieben wäre.

»Keira.«

Sie versteifte sich. Offensichtlich wappnete sie sich gegen seine Widerworte. »Was?«

»Du bist noch nicht so weit.«

»Vorsicht.« Golden blitzte die Gefahr in ihrem Blick auf. »Dass wir jetzt Gefährten sind, heißt nicht, dass du anfangen kannst, mir Anweisungen zu erteilen.«

Der Geruch eines wütenden Pumaweibchens stieg in die Luft, aber Bayon war kein Jäger, der sich allein auf rohe Kraft verließ. Seine Mutter hatte ihm beigebracht, seine Beute lieber in Sicherheit zu wiegen, als es mit einem Frontalangriff zu versuchen.

Mit einer starken Frau war es genauso.

»Ich bin manchmal ein bisschen langsam, aber ich bin nicht dumm«, versicherte er ihr, während er die Finger gedankenverloren an ihrer Wirbelsäule hinaufwandern ließ. »Ich habe nicht vor, dir Anweisungen zu geben. Ich wollte nur darauf hinweisen, dass du, bis deine Erinnerung vollständig zurückgekehrt ist, eine Schwäche darstellst.«

Sie fauchte, als sie seine unverblümten Worte hörte. Doch kaum hatte sie den Mund geöffnet, um ihm mitzuteilen, was für ein Vollarsch er war, klappte sie ihn wieder zu und musste grollend anerkennen, dass das ein gutes Argument war.

»Du hast recht«, brachte sie schließlich krächzend hervor. »Wir wissen nicht mit Sicherheit, was sie mit mir gemacht haben. Ich könnte darauf programmiert worden sein, genau die Personen zu verraten, die ich zu schützen geschworen habe.«

Bayon sah ihr fest in die Augen. Vielleicht war es eine miese Nummer, ihre Loyalität zu ihrem Volk auszunutzen, um sie von der Jagd auf ihre Entführer abzuhalten. Aber um mit dieser Frau fertigzuwerden, musste Bayon alle Tricks einsetzen, die er in seinem Repertoire hatte.

Sie war gerissen, stark und extrem unabhängig, und wenn er nicht aufpasste, würde sie ihn locker weghauen.

»Im Moment ist es wichtiger, dass du die Einzelheiten deiner Entführung wieder zusammensetzt«, sagte er leise. »Das könnte uns zu jemandem führen, der uns etwas über diese Schweine verraten kann.«

Plötzlich stieß Keira sich von ihm ab, entzog sich seiner Umarmung und setzte sich ans Wasser, die Arme um die Knie geschlungen. »Ich habe es versucht«, flüsterte sie.

Vorsichtig darauf bedacht, sie nicht zu erschrecken, ging Bayon zu ihr und setzte sich neben sie. Ihm war schmerzlich bewusst, dass seine Gefährtin zwar körperlich gesund war, ein Teil von ihr aber immer noch bedrohlich zerbrechlich war.

»Glaubst du, sie hatten ein Mittel, um deine Erinnerungen auszulöschen?«

»Nein.« Ihr Blick haftete starr an den wie Diamanten funkelnden Wassertropfen, als läge in ihnen der Schlüssel zu ihren verschwundenen Erinnerungen. »Ich glaube, es liegt an mir.«

»An dir?«

»Ich glaube, dass ich die Erinnerungen aus irgendeinem Grund blockiere.«

Sein Blick glitt über ihre filigranen Formen. In Keiras Persönlichkeit lag eine solche Kraft, dass man leicht vergaß, wie zierlich sie gebaut war.

»Dann warten wir, bis du bereit bist, dich ihnen zu stellen.«

Sie schüttelte heftig den Kopf. »Nein.«

Er stieß ein tiefes, kehliges Knurren aus. Verdammte, sture Katze.

»Keira …«

Sie drehte sich zu ihm um und fing seinen verärgerten Blick auf. In ihrer Miene lag grimmige Entschlossenheit. »Hör mir zu.«

Er wollte nicht zuhören. Er wollte ihr sagen, dass es zu gefährlich war. Doch ein Blick in die lauernden Schatten in den Tiefen ihrer Augen verriet ihm, dass Keira keinen Beschützer brauchte. Nicht jetzt. Jetzt brauchte sie die Sicherheit, dass er sie unterstützen würde.

»Ich höre«, sagte er.

»Die letzten fünfundzwanzig Jahre war ich dazu verdammt, mich hilflos zu fühlen. Das hätte mich fast kaputtgemacht.«

Bayons Herz zog sich schmerzhaft zusammen, als er ihr über die blasse Wange strich. Das konnte nur ein Pantera überlebt haben, dessen Geist so stark war wie der von Keira.

»Das verstehe ich, Süße, wirklich.«

Sie ergriff seine Finger und drückte sie an ihre Lippen. »Dann verstehst du auch, dass ich nicht hier herumsitzen und warten kann. Ich muss etwas *tun.*«

Er verzog das Gesicht. »Was willst du denn tun?«

»Ich weiß nicht …« Sie sprang auf, die Hände zu Fäusten geballt.

Etwas langsamer richtete sich auch Bayon auf. »Das wird mir nicht gefallen, oder?«

»Ich will meine Schritte nachvollziehen.«

Es dauerte eine Sekunde, bis er verstand, was sie gerade vorgeschlagen hatte. »Du meinst den Abend, an dem du dich mit Sean getroffen hast?«

»Ja.«

»Warum?«

»Es könnte mir helfen, mich zu erinnern.«

Er nickte langsam. Der Plan war nicht schlecht. Und so sehr er auch die Vorstellung hasste, dieser Frau zu erlauben, die schützenden Höhlen zu verlassen, konnte die verdrängte Erinnerung notwendig sein, um ihre Feinde aufzuspüren.

»Es ist fünfundzwanzig Jahre her«, warnte er sie. Sie musste unbedingt das Gefühl haben, aktiv an der Jagd auf ihre Peiniger beteiligt zu sein, aber er wollte nicht, dass sie sich zu große Hoffnungen machte. »Die Welt der Menschen hat sich verändert.«

Sie neigte das Kinn in einem Winkel, der sagte: Versuch nicht, mich zu bescheißen.

»Ich muss es versuchen.«

»Also gut.« Bayon machte ein paar Schritte auf sie zu, packte sie an der Taille und warf sie sich über die Schulter. »Aber erst nehmen wir ein Bad.«

Sie quiekte überrascht auf. »Was machst du da?«

Er watete ins Wasser und musste lächeln, als er den Duft ihrer anschwellenden Erregung roch. »Du bist meine Gefährtin.«

»Ja, ich erinnere mich dunkel daran.« Sie rieb sich die Male auf ihrem unteren Rücken, die inzwischen zu silbrigen Linien verheilt waren.

»Es ist Zeit, dass du anfängst, deine ehelichen Pflichten zu erfüllen«, teilte er ihr mit, als er sie, in der Mitte des Sees angekommen, auf die Füße stellte.

»Wirklich?« Das amüsierte Funkeln in ihren goldenen Augen machte ihren ernsten Gesichtsausdruck zunichte. »Und was sind das für eheliche Pflichten, die du von mir erwartest?«

Er drehte sich um. Das warme Wasser schwappte um seine Taille. »Du könntest damit anfangen, mir den Rücken zu waschen.«

Er hörte ihr Gelächter, bevor sie sich von hinten auf ihn stürzte und seinen Kopf unter Wasser drückte.

»Ich könnte dich auch einfach ertränken und mir einen Gefährten suchen, der *mir* den Rücken wäscht.«

Der Puma in ihm schnurrte erfreut über ihre verspielte Reaktion. Das war die Keira von früher, die Keira aus seiner Kindheit. Die Frau, die sein Herz gestohlen hatte.

Unter Wasser wendete Bayon und schwamm zwischen ihren Beinen hindurch, um hinter ihr wieder aufzutauchen.

Bevor sie sich umdrehen konnte, zog er sie an seine nackte Brust und hielt ihre Arme seitlich an ihren

Körper gedrückt. Dann schlug er knurrend die Zähne in ihren Hals.

»Mmmm.« Auf seiner Zunge explodierte der Geschmack von süßem weiblichem Moschus, und mit einer einzigen Bewegung aus der Hüfte schob er sein Glied tief in ihre einladende Hitze.

Am Eingang der Höhlen krümmte Keira ihre Krallen und bohrte sie in den moosigen Boden unter ihren Tatzen.

Vollkommen reglos, so als wäre sie ein Teil der Schatten, nahm sie ihre Umgebung in sich auf. Die feuchte Brise. Den Duft der fruchtbaren Erde und der Pflanzen. Das spürbare Prickeln der Magie, die alles in den Wildlands berührte.

Sie war zu Hause.

Es war nicht nur der Ort, an dem sie gelebt hatte. Es war ein Teil von ihr, so lebensnotwendig wie das Atmen.

Der Augenblick ihrer Zufriedenheit wurde vom fernen Geruch ihres Bruders gestört, der auf dem Weg zum Dorf war.

Scheiße.

Sie kämpfte die aufwallende Trauer darüber nieder, immer noch von ihm getrennt zu sein.

Als Bayon sie in die Wildlands getragen hatte, war sie bei der Vorstellung, anderen Pantera zu begegnen, in Panik geraten.

Egal, welchen Pantera.

Sie hatte keine Erklärung dafür. Da war nur diese

erbarmungslose Angst, die sich einfach nicht abschütteln ließ.

Jetzt begriff sie, dass ihr Widerwille dagegen, sich Parish zu zeigen, nichts mit diesem seltsamen Gefühl der Bedrohung zu tun hatte.

Keira hatte ihren kleinen Bruder von dem Moment an geliebt, als ihre Mutter ihn in ihre Arme gelegt hatte. Er war ein ruhiges, intelligentes Kind gewesen, dessen intensiver Blick erwachsene Männer einschüchtern konnte.

Ein geborener Anführer.

Und ein geborener Beschützer.

Er würde sie ersticken mit seinem Bedürfnis, sie zu beschützen.

Und sie durfte nicht riskieren, dass er sie von der Suche nach der Wahrheit abhielt.

Denn sie spürte, dass die gesamte Zukunft der Pantera davon abhängen könnte, ob sie hinter den Grund für ihre Entführung kam.

Zum Glück wurden ihre dunklen Gedanken von einem leisen Ruf unterbrochen, der ihr versicherte, dass die Luft rein war. Keira wartete noch einen Moment ab, um sicherzugehen, dass sie ganz konzentriert war, bevor sie mit flinker Anmut durchs Unterholz lief. Sie selbst hatte darauf bestanden, die Gelegenheit zu nutzen und die Hütte zu suchen, aus der sie entführt worden war. Und wenn sie eins nicht wollte, dann war das, unter Beweis zu stellen, dass sie wirklich noch nicht bereit war.

Sie stieß zu Bayon, der sie auf der anderen Seite

eines mit Lilien zugewachsenen Wasserlaufs erwartete. Ebenso wie sie, hatte er seine Pumagestalt angenommen, ein wunderschönes goldenes Tier, dessen goldene Augen von hellem Grün durchsetzt waren. Liebevoll rieb sie den Kopf an seinem breiten Hals, bevor sie sich umwandte und über den morastigen Boden trabte.

Sie liefen schweigend, aber Bayon brauchte ihr nicht zu sagen, wie missmutig er war, weil sie auf das Nachverfolgen ihrer Schritte bestand. Sie erkannte es an dem scharfen Geruch, der von ihm ausging. Trotzdem war er klug genug, seine Meinung für sich zu behalten, und schließlich erreichten sie den Rand der Wildlands und nahmen wieder ihre Menschengestalt an.

Beide trugen schwarze Jeans und schwarze T-Shirts, um mit der Nacht zu verschmelzen, und beide hatten sich kleine Schusswaffen um die Oberschenkel geschnallt. Auch in ihrer Menschengestalt konnten sie leicht mit bloßen Händen töten, aber sie wussten noch nicht, wie es möglich gewesen war, dass Keira von normalen Menschen überwältigt worden war.

Ein wenig zusätzliche Feuerkraft schien ihnen eine vernünftige Vorsichtsmaßnahme zu sein.

Sie liefen Richtung Norden. Keira verzog das Gesicht, als sie ein nach faulen Eiern stinkendes Schlammloch voll braunem Morast umrunden mussten.

Himmel, wie hatte sich der ekelhafte Morast, der vor über fünfzig Jahren am Rande der Wildlands entstanden war, nur so weit ausbreiten können?

Die Erkenntnis trieb sie zu höherer Geschwindigkeit an. Sie hatte keine Ahnung, ob es einen Zusammenhang zwischen ihrer Entführung und der Zerstörung des Sumpflands gab, aber je schneller Bayon und sie die Mistkerle ausfindig machten, umso früher konnten sie anfangen, die Antworten aus ihnen herauszuprügeln.

Nachdem sie einige Kilometer weit gelaufen waren, brach Bayon schließlich das Schweigen. »Wohin gehen wir?«

»Es ist nicht weit.« Sie sah sich nach ihm um. »Kannst du nicht mehr mithalten?«

Trotz seines Missmuts ließ er ein anzügliches Grinsen aufflackern. »Mir gefällt die Aussicht hinter dir.«

Natürlich.

Sie schüttelte den Kopf und wurde langsamer, bis sie nebeneinander gingen. »Erzähl mir etwas über dieses Kinderheim.«

Er wirkte verlegen, offenbar war er es nicht gewohnt, über sein großzügiges Geschenk an seine Mutter und die menschlichen Kinder zu sprechen.

»Es ist nicht groß. Nur sechs oder sieben Kinder gleichzeitig.« Er zuckte geringschätzig die Achseln. »Die meisten brauchen vorübergehend eine Unterkunft, solange ihre Eltern auf Entzug sind.«

Sie duckten sich unter den tiefhängenden Ästen einer Zypresse hindurch. »Sie haben großes Glück, in der Obhut deiner Mutter zu sein.«

»Das haben sie wirklich«, stimmte er ohne jedes Zögern zu. »Sie ist eine ganz besondere Frau.«

»Stimmt. Und dich hat sie natürlich schamlos verwöhnt.«

Er machte große Augen, um Unschuld zu heucheln. »Wer könnte es ihr verdenken?«

Kichernd sprang sie von einer kleinen Insel zur nächsten, um einen breiten Wasserlauf zu überqueren. Als sie einigermaßen festen Boden erreicht hatte, drehte sie sich um und beobachtete, wie Bayon ihr voller Eleganz folgte, während sein Blick unablässig nach versteckten Feinden suchte.

»Ich hatte immer gedacht, du würdest eher eine Versorgerin als eine Kriegerin als Gefährtin bevorzugen«, gestand sie unvermittelt.

Er wandte den Kopf und fing ihren Blick auf. »Ich liebe alle Frauen, aber ich habe immer gewusst, dass meine Gefährtin eher Peitsche als Zuckerbrot sein würde.«

»Wirklich?«

»Oh ja.«

Sie rümpfte die Nase über seine selbstgefällige Miene. »Und woher hast du das gewusst?«

»Weil ich dir begegnet war.«

Das Herz hämmerte ihr gegen die Rippen, und fast wäre sie über einen verborgenen Ast gestolpert, als sie diese simple und so perfekte Erklärung hörte.

Verdammt, dieser Puma wusste, wie man eine Frau dahinschmelzen ließ.

»Du …«

Er hob die Brauen, als sie nach Worten rang. Ein Anblick, den man nur einmal im Leben zu Gesicht bekam.

»Was?«, wollte er wissen.

»Verblüffst mich«, sagte sie leise. Sie legte die Hand an seine Wange, doch dann blieb sie abrupt stehen, als ihr auffiel, dass sie vor einem Tor standen. Es kam ihr bekannt vor, allerdings war es jetzt verrostet und halb unter einem Gewirr von Efeu versteckt.

Stirnrunzelnd betrachtete sie die dicke Schicht aus Moos und Teichrosen, die den Boden bedeckte. »Hier war früher ein Weg.«

Bayon trat gegen das Tor, welches prompt umfiel. »Sieht verlassen aus.«

»Ich will näher heran.«

Er legte eine Hand auf ihre Schulter, seine Miene war angespannt vor Besorgnis. »Lass mich erst die Gegend auskundschaften.«

Sie beugte sich vor und biss ihn in die Unterlippe. »Du gehst nach links, ich nach rechts.«

Mit einem tiefen Seufzen drückte er ihr einen resignierten Kuss auf die Lippen. »Sturkopf.«

Oh ja. Sie war verflucht stur. Aber allmählich erkannte sie, dass Bayon genau der richtige Mann war; er war selbstbewusst genug, um sie stark sein zu lassen, und ließ sich trotzdem nicht von ihr herumschubsen.

Die perfekte Kombination.

Er nickte kurz, wandte sich dann ab und verschwand in den Schatten. Beide bewegten sich vollkommen lautlos, während sie flink das dichte Blattwerk im Umkreis der stark verfallenen Hütte durchsuchten.

Da sie kein Anzeichen dafür fand, dass in letzter Zeit jemand hier gewesen war, kehrte sie zur Vorderseite der Hütte zurück und betrachtete sie mit einem Gefühl wachsender Vertrautheit.

Das Blechdach war verrostet und von den Holzbohlen blätterte die Farbe ab, doch Keira erinnerte sich lebhaft an das kleine Holzhaus mit den weißen Fensterläden und der schmalen umlaufenden Veranda.

»Die Luft ist rein«, raunte Bayon, als er an ihre Seite kam. Dass sie so in Gedanken versunken war, ließ ihn die Brauen zusammenziehen. »Keira?«

»Ich erinnere mich«, sagte sie leise.

»Woran?«

»Hierhergekommen zu sein.«

Ein Zittern überlief sie, als sie sich im Geiste den damals freien Weg hinaufgehen sah. In Gedanken war sie beim Wachwechsel gewesen, der in der folgenden Woche anstand, und hatte nicht so sehr auf ihre Umgebung geachtet.

Nichts hatte auf eine Gefahr hingedeutet.

Bis es zu spät gewesen war.

Wieder erschütterte ein Zittern ihren Körper und drohte, ihr ihren angeschlagenen Mut zu rauben, doch dann legte sich ein warmer Arm um ihre Schultern und zog sie an eine feste, männliche Brust.

»Ich bin hier«, versprach Bayon mit leiser Stimme. »Und ich werde nicht weggehen.«

Keira sog seine Stärke in sich auf, nahm einen tiefen, beruhigenden Atemzug und ließ die Erinnerungen in ihren Geist strömen.

»Ich war etwas zu früh hier. Parish hatte meinen Dienst übernommen.« Sie legte den Kopf in den Nacken, um das dichte Blätterdach der Bäume zu betrachten, das den Himmel beinahe ganz ausblendete. »Als ich die Stufen hinaufging, fiel gerade das erste Mondlicht durch die Blätter.«

Ohne sie loszulassen, führte Bayon sie die eingesackten Stufen hinauf, während seine Augen die Dunkelheit nach verborgenen Gefahren absuchten.

»Hast du etwas gerochen?«, fragte er.

»Ja.« Sie nickte heftig. »Menschen. Aber damit hatte ich gerechnet. Die Hütte wurde von den Alligatorenjägern in der Gegend benutzt.« Ihre Nasenflügel blähten sich, als ihr plötzlich der merkwürdige saure Geruch wieder einfiel, von dem die Hütte umgeben gewesen war. »Und der gleiche Gestank, den ich am Abend vorher an Sean bemerkt hatte.«

Sie passierten die Tür, die vergammelt und aus den Angeln gefallen war, und traten in die beengte Küche. Mit finsterem Blick lief Bayon durch den Raum, um sich einen Eindruck vom Inneren der Hütte zu machen. Viel zu sehen gab es nicht. An einer Wand hing eine Reihe schiefer, vermodernder Schränke, darunter befand sich eine kleine Arbeitsfläche mit einem Spülbecken an einem Ende. Sie war mit einer dicken Staubschicht bedeckt, und der Lack war abgeblättert. An der anderen Seite standen ein Sofa und ein Sessel, die den Nagetieren zum Opfer gefallen waren. Ein Küchentisch stand in der Mitte des Zimmers, und ganz hinten führte eine Tür in ein Schlafzimmer, das kaum groß genug für eine schmale Pritsche war.

Bayon wandte sich wieder um und durchbohrte Keira mit einem Blick. »Zeig mir, wo er gewartet hat.«

Keira deutete auf die Stelle direkt vor dem leeren Türrahmen. »Hier.«

»So nah an der Tür?«, hakte er nach.

Sie zögerte und ging ihre Erinnerungen durch. Sie war über die Veranda gekommen und hatte die Tür geöffnet. Es hatte sie überrascht, dass Sean direkt vor ihr gestanden hatte.

»Ja.«

»Warum?«

Die Beharrlichkeit ihres Gefährten ließ sie die Stirn runzeln. »Worauf willst du hinaus?«

»Er hat dich erst später erwartet.« Mit einer Handbewegung deutete Bayon auf die beengte Einrichtung der Hütte. »Warum hat er an der Tür gestanden? Hat er dich kommen gehört?«

Oh. Keira lief im Raum auf und ab, während sie mühsam versuchte, die Düsternis in ihrem Kopf zu vertreiben, die es ihr beinahe unmöglich machte, sich genau an die Geschehnisse zu erinnern. Die Tür war aufgegangen, und Sean hatte hier gestanden …

Moment. Er hatte nicht nur dagestanden, er hatte sich gegen die Tür gestemmt.

»Er hat versucht, mich auszusperren«, murmelte sie.

»Weil er nicht wollte, dass du etwas Bestimmtes siehst?«

Sie lief weiter im Kreis, das Herz schlug ihr plötzlich bis zum Hals, und ihre Handflächen wurden feucht, als sie sich gewaltsam durch den Nebel in ihrem Kopf kämpfte.

Ja. Sie hatte die Tür aufgestoßen und sich an Sean vorbeigedrängt. Sein merkwürdiges Verhalten hatte sie eher verärgert als beunruhigt. Und dann …

Dann war sie von dem absonderlichen Geruch überwältigt worden. Er war auf ihre Nase eingedrungen, bis sie sich fast übergeben musste.

In diesem Moment hatte sich die hintere Tür geöffnet, und zwei Männer und eine Frau waren aus dem Schlafzimmer gekommen.

Einer der Männer war ein Mensch gewesen. Er war groß, hatte eine Glatze und am Hals eine Tätowierung von einem Raben vor einem Vollmond.

Aber die anderen beiden …

Sie zischte vor Schmerz und sank auf die Knie, als die Erinnerung sie mit voller Wucht traf.

»Nein, nicht etwas«, brachte sie gewaltsam zwischen den Zähnen hervor. »Jemanden.«

6

Bayou ging in die Knie und schlang die Arme um seine zitternde Gefährtin.

»Keira, bist du verletzt?«

Unter sichtlicher Anstrengung hob sie den Kopf, innere Qualen verfinsterten die goldenen Augen in ihrem bleichen Gesicht.

»Pantera«, brachte sie krächzend hervor.

»Was?«

»Außer Sean war noch ein weiterer Mensch da«, sagte sie. Sie zitterte unter der Anstrengung, ihm die Erinnerung mitzuteilen, die sie offenbar traumatisiert hatte. »Und zwei Pantera.«

Bayon runzelte die Stirn. »Wurden sie als Geiseln festgehalten?«

Langsam schüttelte sie den Kopf. »Nein.«

»Sie waren nicht ...«, er verzog das Gesicht, »... tot?«

»Sie waren am Leben«, versicherte sie ihm. Es entstand eine kurze Pause, bevor sie die Worte ausspeien konnte. »Sie arbeiteten für die Menschen.«

Erschrocken schnappte Bayon nach Luft, der Puma in ihm brüllte protestierend. Seit mehr als fünfzig Jahren kämpften die Pantera gegen einen unsichtbaren Feind, aber noch nie hatten sie die Möglichkeit in Betracht gezogen, dass der Ursprung der Gefahr innerhalb der Wildlands liegen könnte.

»Scheiße.«

»Es waren die Pantera, die mich überwältigt haben.« Keiras Augen waren so matt und leer wie damals im Käfig, als er sie gefunden hatte.

»Verräter«, knurrte er angewidert und schwor sich innerlich, die Schweine zu vernichten, die bereit gewesen waren, jemanden aus ihrem Volk für ihren eigenen Vorteil zu quälen. »Hast du sie erkannt?«

»Vincent und seine Gefährtin Savoy.«

Bayou brauchte einige Augenblicke, um die Namen zuzuordnen. Dann machte er ein überraschtes Geräusch, als ihm einfiel, dass die beiden Pantera mit seiner Mutter zusammengearbeitet hatten.

»Sie waren beide Versorger, oder?«

Ihre Kiefermuskeln spannten sich. »Ja.«

»Das ergibt keinen Sinn«, murmelte er. Die beiden waren sanftmütige Geschöpfe, die ihr Leben der Fürsorge für Pantera-Kinder verschrieben hatten. »Warum sollten sie sich mit unseren Feinden verbünden?«

Unvermittelt stand Keira auf und wandte sich zur Tür. »Das werde ich sie fragen.«

Er packte sie am Arm. »Warte, Keira.«

Sie funkelte ihn ungeduldig an. »Ich habe fünfundzwanzig Jahre gewartet.«

»Das weiß ich, Süße«, sagte er tröstend und strich über ihre bleiche Wange. »Aber wenn sie dich sehen, werden sie die Flucht ergreifen. Wir brauchen Parishs Hilfe. Er muss genügend Jäger zusammenstellen, um sie in Gewahrsam zu nehmen, ohne dass sie Gelegenheit haben zu fliehen.« Sein Gesicht verhärtete sich. »Oder jemand anderen zu erwischen.«

Entnervt seufzte sie auf. »Du hast recht.«

Die Fähigkeit, ihre persönlichen Rachegelüste augenblicklich dem Schutz ihres Volkes unterzuordnen, war nur einer der Gründe, warum diese Frau eine so großartige Anführerin gewesen war.

»Ich werde ihm verraten müssen, dass du noch lebst«, warnte Bayon sie, als er sein Handy aus der Hosentasche nahm. »Bist du dazu bereit?«

Nur kurz zögerte sie, bevor sie entschlossen nickte. »Es ist Zeit.«

»Okay.«

Er wählte die Nummer über die Schnellwahltaste, doch bevor Parish sich melden konnte, nahm Keira ihm sanft das Telefon aus der Hand, die Lippen zu einem kläglichen Lächeln verzogen.

»Lass mich das machen.«

Überrascht hob er eine Braue. »Du weißt, wie man damit umgeht?«

Sie zuckte die Schultern. »Ich habe gesehen, wie diese Idioten von Entführern sie benutzt haben. Wie schwer kann das schon sein?«

»Um dieses Privileg werde ich mich nicht mit dir streiten«, versicherte er ihr. Beide wussten, dass Parish ihm die Hölle heißmachen würde, weil er ihn nicht unverzüglich darüber informiert hatte, dass seine geliebte Schwester noch am Leben war.

»Warte hier.«

Sie ging aus der Hütte und hatte den Pfad zur Hälfte hinter sich gelassen, als er Parishs laute Stimme durchs Telefon hörte. Er verzog das Gesicht, als der Tonfall des Pantera von Ungeduld zu schockierter Ungläubigkeit wechselte und dann einer so reinen Freude wich, dass sich Bayons Herz vor Kummer darüber zusammenzog, dass er diesen Mann auch nur eine Sekunde länger als nötig hatte warten lassen.

»Himmel, er wird mich so was von umbringen«, murmelte er, während Keira das Telefonat beendete und ihm ein Zeichen gab, ihr zu folgen.

»Gehen wir«, drängte sie. Ihre Angst war der stürmischen Ungeduld gewichen, ihre Entführer zur Rede zu stellen.

Schnell war er an ihrer Seite. Sie joggten den überwucherten Pfad entlang und sprangen über das umgefallene Tor hinweg.

»Wird er die Verräter festnehmen?«

»Er ist schon auf der Jagd. Wir treffen uns im Den«, sagte sie.

Für einen kurzen Moment war Bayon wegen des Ortes verwirrt, doch dann begriff er, dass niemand erfahren sollte, dass sie Verräter unter den Pantera entdeckt hatten. Zumindest nicht, bis sie sicher sein konnten, dass es nicht noch weitere gab.

Außerdem hatte es den Vorteil, dass die Gefangenen sich nicht verwandeln konnten, solange sie nicht in den Wildlands waren. Als Menschen waren sie weniger gefährlich als in ihrer Pumagestalt.

Am Rande der Wildlands liefen sie auf direktem

Weg nach La Pierre. Wachsam behielt Bayon ihre Umgebung im Auge, stets bereit, alles und jeden anzugreifen, der in den Schatten lauerte.

Im Augenblick mussten sie davon ausgehen, dass jeder ein Feind sein konnte.

Selbst ein Pantera.

Diese Erkenntnis traf den Puma in ihm tief ins Herz.

»Wenigstens haben wir Antworten auf einige Fragen bekommen«, sagte er.

Keira duckte sich unter einem tiefhängenden Ast hinweg, bevor sie zu ihm hinübersah. »Wovon sprichst du?«

»Ich weiß jetzt, wie der Feind unentdeckt in die Wildlands gelangen konnte und wie sie Ashe so leicht ausfindig machen konnten.«

»Und warum sich mein Kopf so gegen die Erinnerung gesträubt hat«, fauchte sie. »Den Verrat durch die Menschen konnte ich hinnehmen, aber nicht den durch Pantera.«

Bayon schüttelte den Kopf. Er hasste den Gedanken, dass sie ihrem Volk letztendlich von dem Verrat durch Vincent und Savoy würden berichten müssen. Das würde das gegenseitige Vertrauen unter ihnen zerstören. Zumindest bis die Gefahr vorüber war.

Ob es je wieder aufgebaut werden konnte, lag in den Händen des Schicksals.

»Ich weiß nicht, ob irgendjemand von uns sich damit abfinden kann, dass es womöglich unsere eigenen Leute sind, die uns verraten haben«, murmelte Bayon.

Sie verlangsamten ihr Tempo, als sie das Ende der Sümpfe erreichten und auf die Straße traten, die den Stadtrand markierte. Vor ihnen hing das Neonschild des Cougar's Den, doch als sie auf das Holzhaus zugingen, das auf massiven Pfählen erbaut war, kam ein dunkelhaariger Mann über die Straße gerannt und zog Keira in eine erdrückende Umarmung.

»Keira«, flüsterte Parish und warf Bayon über die Schulter einen finsteren Blick zu. »Um dich kümmere ich mich später.«

Keira lächelte, obwohl sie so fest gedrückt wurde, dass alle Luft aus ihrer Lunge wich.

Sie war von Wärme und dem Geruch ihrer Familie umgeben, und die Katze in ihr schnurrte in tiefster Zufriedenheit.

»Bist du es wirklich?«, fragte Parish mit belegter Stimme.

Sie legte den Kopf an seine breite, feste Brust. »Ich bin es wirklich.«

»Tausendmal habe ich von diesem Moment geträumt, nur um aufzuwachen und festzustellen, dass du immer noch verschwunden warst. Gottverdammt, ich war so einsam.«

»Nicht mehr ganz so einsam.« Lächelnd hob sie den Kopf. »Wie ich höre, hast du eine Gefährtin?«

Zärtlichkeit ließ seine finsteren Züge mit einem Mal weicher wirken, was Keira ihrem Bruder gar nicht zugetraut hätte, wenn sie es nicht mit eigenen Augen gesehen hätte.

»Meine Julia. Nur mit ihr bin ich vollständig.«

»Ich weiß, was du meinst«, sagte Keira und sah sich nach Bayon um, der sich einige Schritte entfernt hatte, um ihnen ein ungestörtes Wiedersehen zu ermöglichen. Ein tiefes Knurren ließ sie herumfahren. »Untersteh dich«, warnte sie ihn mit zusammengekniffenen Augen.

Parish lachte laut auf, als sie wieder in die Rolle der älteren Schwester fiel, die sich von ihrem Bruder nichts gefallen ließ, obwohl er ihr einige Zentimeter und hundert Pfund voraushatte.

»Keira«, knurrte er. »Du hast mir gefehlt.«

»Mein Bruder«, flüsterte sie, bevor sie sich mit sanfter Gewalt aus seiner Umarmung losmachte und wieder zu Bayon sah.

Später würden sie ihr Wiedersehen richtig feiern. Jetzt mussten sie sich darauf konzentrieren, ihr Volk zu schützen.

Bayon trat neben sie und sah Parish mit grimmiger Miene an. »Hast du die Verräter?«

Parish deutete mit dem Kopf auf das Haus. »Drinnen.«

»Sind sie noch am Leben?«, fragte Keira.

Ein freudloses Lächeln dehnte Parishs Lippen. In seinen Augen lag ein tödliches Versprechen. »Vorerst.«

»Gut.« Keiras mörderische Wut erhitzte die Luft, als sie auf die Hintertreppe des Gebäudes zuhielt. »Ich will ein paar Antworten.«

»Keira.«

Sie ignorierte ihren Bruder und nahm immer zwei Stufen auf einmal.

»Den Atem kannst du dir sparen«, murmelte Bayon und lief ihr hinterher.

Ein Teil ihrer Anspannung ließ nach, als er ihr sacht eine Hand auf den Rücken legte. Allein dadurch, dass Bayon in ihrer Nähe war, kehrte ihr Mut zurück, den sie seit fünfundzwanzig Jahren verloren geglaubt hatte. Eine Stahltür wurde geöffnet, und ein männlicher Pantera nickte ihr respektvoll zu. Dann führte er sie in einen Geheimraum, der sich hinter den Regalen des Lagerraums verbarg.

Keiner der Menschen, die an der Theke saßen und tranken, hatte die leiseste Ahnung, dass es hier Besprechungszimmer, einen High-Tech-Überwachungsraum und zwei große Gästezimmer für Pantera gab, die mit einer schalldichten Wand abgetrennt waren.

Sie fanden Vincent und Savoy auf Knien vor, beide waren nackt und trugen eiserne Fesseln an Händen und Füßen.

Die beiden Pantera waren älter als Keira. Vincent war kräftig gebaut, hatte braune Haare und dunkle, golden schimmernde Augen, während Savoy eine zierliche Frau mit rötlichen Haaren und Augen in der Farbe einer Frühlingswiese war.

Hinter ihnen stand Talon und hatte eine Pistole auf ihre Hinterköpfe gerichtet, obwohl die beiden Gefangenen vollkommen ergeben wirkten.

Niemand ging ein Risiko ein.

Talon, der noch in der Ausbildung gewesen war, als

man Keira entführt hatte, straffte die Schultern und salutierte zackig.

»Willkommen zu Hause, Commander.«

»Nur noch Keira«, sagte sie mit einem Seitenblick auf ihren Bruder, der ins Zimmer gekommen war und seine geladene Waffe auf die Gefangenen richtete. »Ich bin mir absolut sicher, dass Parish großartige Arbeit geleistet hat, und ich selbst möchte mich auf die Jagd nach den Schweinen konzentrieren, die mich entführt haben.« Sie richtete ihre Aufmerksamkeit auf die am Boden knienden Pantera. »Angefangen mit diesen beiden.«

»Sie gehören ganz dir«, sagte Talon leise und trat hinter sie.

Vincent hob langsam den Kopf, sein Gesicht war ausgemergelt, seine Augen von Schuldgefühlen verdunkelt. »Bitte, vergib uns.«

Parish machte ein angewidertes Geräusch, doch Keira beugte sich vor; sie brauchte Antworten. »Ich will wissen, warum.«

»Wir wussten nicht …«

»Halt«, fauchte Keira. »Ich will keine Ausreden. Ich will Antworten.«

Vincent fuhr sich mit der Zunge über die Lippen und sah seine zusammengekauerte Gefährtin an. »Savoy war eine der ersten Frauen, die nicht schwanger werden konnten. Es war …« Er stockte und musste einen Kloß im Hals hinunterschlucken. »… schwierig.«

»Ich habe alles versucht«, sagte Savoy zögerlich. Ihr ehemals schönes Gesicht war von Reue zerfurcht.

»Die alten Kräutermittelchen, Menschenmedizin, sogar künstliche Befruchtung, als es sie gab, aber nichts funktionierte. Zuletzt ging ich zu einer Voodoo-Priesterin in New Orleans.«

Keira kniff die Augen zusammen. »Und die hat gesagt, du sollst mich entführen?«

Savoy schüttelte den Kopf. »Nein. Sie sagte, sie hätte einen Trank, der meine Fruchtbarkeit garantieren könne, aber dafür mussten wir einwilligen, ihren Leuten zu helfen.«

Bayon zog einen Dolch aus der Scheide, die an seinem Rücken befestigt war, und strich mit einem Finger über die tödliche Klinge.

»Was für Leute?«, wollte er wissen.

Vincent verzog angewidert den Mund. »Es waren Menschen.«

Immer wieder strich Bayon über die Klinge. »Welche Art von Hilfe haben sie gefordert?«

Auf Vincents Gesicht bildeten sich Schweißperlen. »Sie wollten die Wildlands untersuchen.«

Keira runzelte die Stirn. »Was?«

Vincent verzog das Gesicht. »Sie sagten, sie seien Ökologen und fürchteten, dass unsere Heimat von einer Krankheit heimgesucht würde. Sie waren sicher, uns helfen zu können, wenn sie nur Zugang zu den Orten bekämen, an denen die Magie noch stark war.«

Bayon schnaubte. »Und ihr habt ihnen geglaubt?«

»Ja«, flüsterte Savoy. In ihren Augen standen Tränen.

Keira verschränkte die Arme vor der Brust. Sie war nicht in der Stimmung, Mitgefühl zu zeigen. Vielleicht hatte Savoys Unfruchtbarkeit sie zur Verzweiflung getrieben. Versorger hatten das angeborene Bedürfnis, sich um andere zu kümmern. Aber anders als Bayons Mutter, die ihre Liebe bedürftigen Menschenkindern zukommen ließ, hatten diese beiden nur an sich selbst gedacht.

Keine Sekunde glaubte sie, ihnen wäre nicht deutlich bewusst gewesen, dass sie die Wildlands in Gefahr brachten.

»Warum habt ihr es dann geheim gehalten?«, fuhr sie die beiden an.

Vincent zuckte zusammen. »Sie sagten, sie hätten die Ältesten um ihre Unterstützung gebeten, seien jedoch abgewiesen worden, weil die Ältesten die Menschen für minderwertig hielten.«

Bayons tiefes Knurren vibrierte in der Luft. »Und deshalb habt ihr sie über die Grenze gebracht und ihnen Zugang zu unseren tiefsten Geheimnissen und verwundbarsten Stellen verschafft?«

»Wir dachten, sie wollten helfen«, sagte Savoy.

Keira packte die Frau am Kinn und zwang sie, ihr in die Augen zu sehen, in denen die Erinnerung an fünfundzwanzig Jahre in der Hölle brannte.

»Nein«, presste sie hervor. »Ihr habt zugelassen, dass euer egoistischer Kinderwunsch euch blind für euren Verrat gemacht hat.«

Tränen strömten über das blasse Gesicht der Frau. »Es tut mir so leid.«

Unvermittelt ließ Keira die Hand sinken und richtete sich auf. Sie zu Brei zu schlagen würde ihnen auch nicht die nötigen Antworten bringen.

Leider.

»Was habt ihr noch für diese Schweine getan?«, fragte sie.

»Nichts, das schwöre ich«, sagte Vincent, der offenbar versuchte, Keiras Aufmerksamkeit von seiner schluchzenden Gefährtin abzulenken. »Als Savoy nicht schwanger wurde, waren wir entschlossen, unsere Vereinbarung mit der Priesterin zu brechen. Sie sandte uns eine Nachricht, dass sie uns in der Hütte treffen wollte, doch dort waren Menschenmänner, die drohten, uns zu verraten, wenn wir unser Versprechen nicht einhielten. Dann …«

»Dann tauchte Keira auf, und wir gerieten in Panik«, brachte Savoy den Satz für ihn zu Ende.

»Wir wollten dich nur so lange außer Gefecht setzen, dass wir entkommen konnten.« Vincent sah Keira in die Augen und flehte stumm um ihr Verständnis. Klar doch. Wenn die Hölle zufror. »Aber die Menschen legten dir ein Metallhalsband an und sagten, sie würden dich umbringen, wenn wir ihnen nicht weiterhin Zugang zu den Wildlands verschafften.«

Parish trat einen Schritt näher, sein gewaltiger Zorn war geradezu mit Händen zu greifen. »Ihr hättet zu mir kommen sollen.«

»Das konnten wir nicht«, beharrte Vincent. »Sie haben uns geschworen, dass Keira nichts passieren würde, solange wir täten, was sie wollten. Andernfalls …«

Keira gab ein angewidertes Geräusch von sich. »Und ihr habt euch einfach auf deren Wort verlassen?«

»Natürlich nicht.« Savoy leckte sich die trockenen Lippen. »Sie haben uns jede Woche Bilder von dir geschickt. Angeblich wollten sie uns damit nur beweisen, dass du noch am Leben warst, aber wir wussten, dass es eine Warnung war: Du warst noch immer in ihren Fängen, und dein Leben hing davon ab, dass wir unseren Teil der Abmachung einhielten.«

Bayon und Parish stießen eine Ladung Flüche aus, doch Keira richtete ihre Aufmerksamkeit laserscharf konzentriert auf die beiden Verräter.

»Auch wenn ihr wusstet, dass ich noch am Leben war, konntet ihr unmöglich wissen, dass sie mich nicht gefoltert haben.«

Vincent räusperte sich. »Das Halsband.«

Verwirrt sah Keira ihn an. »Was ist damit?«

»Als wir in der Hütte waren, hatte ich Gelegenheit, es mir näher anzusehen«, gestand er mit verzerrter Stimme. »Es bestand aus einer mir unbekannten Metalllegierung, aber ich konnte ein magisch verstärktes Toxin ausmachen, mit dem die Innenseite des Halsbands überzogen war.«

Scheiße. Bayon hatte mit seinem Verdacht recht gehabt. Dieses Halsband hatte sie vergiftet.

»Das erklärt nicht, wie ihr davon ausgehen konntet, dass ich nicht misshandelt wurde.«

»Das Toxin war stark genug, um dich zu schwächen, was heißt, dass es für einen Menschen tödlich sein musste. Wenn sie deine Haut auch nur berührt hätten, wären sie davon schwer krank geworden.«

Keira verzog das Gesicht. Jetzt begriff sie, warum die Entführer einen solchen Aufwand betrieben hatten, um Körperkontakt zu vermeiden. Selbst wenn sie sie ins Bad gebracht hatten, waren sie auf Abstand geblieben und hatten sie mithilfe der Elektroschocks vor den Gefahren eines Fluchtversuchs gewarnt.

Und natürlich konnten sie nicht riskieren, ihr das Halsband abzunehmen, da sie nicht wussten, wie schnell ihre Kräfte zurückkehren würden.

Nicht, bis sie bereit wären, sie zu töten.

Sie zitterte. Für die beiden Verräter, die sie diesen Tieren ausgeliefert hatten, hatte sie keine Gnade übrig.

»Sie haben mich zwar nicht vergewaltigt oder mit Fäusten geschlagen. Aber sie haben mich jeden Tag in diesem Käfig gefoltert.«

Vincent senkte die Stimme. »Es tut mir leid.«

Als Bayon ihr Zittern spürte, trat er so nahe an sie heran, dass er sie in den tröstlichen Geruch seines Pumas hüllen konnte.

»Habt ihr je gesehen, was diese Leute getan haben?«, wollte er von den beiden wissen.

Vincent schüttelte langsam den Kopf und ließ niedergeschlagen die Schultern sinken. »Sie behaupteten, sie würden Proben nehmen, aber ich fürchte, dass sie ein dunkles Ritual durchgeführt haben.«

»Sie müssen dafür verantwortlich sein, dass unser Land verfault«, knurrte Parish, seine Pistole direkt zwischen Vincents Augen gerichtet. »Habt ihr ihnen von Ashes Schwangerschaft erzählt?«

Savoy machte ein leises, verzweifeltes Geräusch. »Nein, das wussten sie bereits.«

»Aber ihr habt ihnen gesagt, wo sie sich aufhalten würde?«, hakte der Jäger nach.

Vincent ruckte mit dem Kopf. »Ja.«

»Scheiße.«

Sacht fasste Keira Parish am Handgelenk und hielt ihn davon ab, den Abzug zu drücken. Sie alle mussten gegen ihren primitiven Rachedurst ankämpfen, denn im Moment mussten sie das Wohlergehen der Pantera über ihre Vergeltung stellen.

Sie fing Vincents wachsamen Blick auf. »Wie viele Verräter gibt es noch?«

Auf diese Frage runzelte der ältere Pantera die Stirn. »Keine, von denen wir wüssten.«

Talon versetzte ihm einen Schlag auf den Hinterkopf. »Die Wahrheit.«

»Das ist die Wahrheit«, keuchte Vincent. Ein goldener Funke schwelte in seinem matten Blick. Der Puma in ihm mochte eingeschüchtert sein, aber er war nicht tot. »Wir haben nie mit einem anderen Pantera über unsere Abmachung gesprochen.«

»Scheiße.« Bayon wechselte einen frustrierten Blick mit Keira. »Es könnten Dutzende sein, und wir werden es nie erfahren.«

»Es gibt eine Möglichkeit«, sagte Savoy leise.

»Verrate sie uns«, befahl Keira.

»Die Priesterin hat verlangt, dass wir zum Beweis

unserer Loyalität ein Zeichen tragen sollen«, bekannte die ältere Frau.

Keira hob die Brauen. »Was für ein Zeichen?«

»An unseren Fußsohlen.«

Keira, Bayon und Parish traten hinter die Gefangenen und stellten sich neben Talon, und alle betrachteten sie den Umriss eines Raben, der in ihre Fersen eingebrannt war.

Keira erbebte. Es war nicht das vollständige Zeichen der Shakpi, aber Vincent und Savoy hätte der Verdacht kommen müssen, dass es sich um ihren uralten Feind handelte.

Parish warf ihr einen fragenden Blick zu, mit dem er um die Erlaubnis bat, die Kontrolle zu übernehmen. Sie nickte unauffällig. Dass sie Parish gern den verantwortlichen Posten überlassen würde, hatte sie nicht nur gesagt, um unter den Jägern keine Verwirrung darüber aufkommen zu lassen, wer ihr Anführer war.

Sie würde noch einige Zeit brauchen, um sich von den Jahren zu erholen, die sie von den Menschen gefangen gehalten worden war. Außerdem, und das war nicht weniger wichtig, war sie fest entschlossen, jedes dieser Schweine aufzuspüren, das für die Angriffe auf ihre Heimat verantwortlich war, und sie leiden zu lassen.

»Talon, du musst eine Möglichkeit finden, nach diesem Zeichen zu suchen, ohne dass es jemand bemerkt«, befahl Parish dem jüngeren Pantera.

»Willst du mich verarschen?«, protestierte Talon.

»Ich kann nicht willkürlich Leute auf ein Brandzeichen untersuchen, ohne dass sie Verdacht schöpfen.«

»Tu es einfach.«

»Herrgott.«

Talon verdrehte die Augen, lief aber gehorsam zur Tür. Außer Keira konnten es nicht viele mit Parish aufnehmen, wenn er im Befehlsmodus war.

Vorsichtig ergriff Vincent die Hand seiner Gefährtin. »Was werdet ihr mit uns machen?«

Parish nickte Keira zu. »Das ist deine Entscheidung.«

Sie zuckte die Achseln. Beim Anblick der vor ihr kauernden Savoy verebbte in ihr der brutale Drang nach Rache.

Sie mussten bestraft werden, vielleicht würden sie sogar zum Tode verurteilt werden. Doch darüber würde entschieden werden, nachdem die Gefahr für die Pantera vollends gebannt war.

»Bring sie zu den Ältesten«, ordnete sie an.

Parish hob eine dunkle Augenbraue. »Niemand könnte es dir verübeln, wenn du …«

»Nein.« Sie lehnte sich an Bayon und nahm seine Stärke in sich auf, weil ihre Knie unter ihr nachzugeben drohten. Es würde noch ein paar Tage dauern, bis ihre Kräfte ganz wiederhergestellt waren. Bis dahin war sie felsenfest davon überzeugt, sich auf ihren Gefährten verlassen zu können. Dieses Wissen vertrieb den letzten Rest ihrer Verbitterung. Die Vergangenheit war vergangen. Was zählte, waren ihre Zukunft mit Bayon und die Zukunft ihres Volkes. »Vor Bayons Ankunft erwähnte einer meiner Entführer nebenbei, dass sich meine Zeit im Käfig dem Ende näherte. Er glaubte, dass bald eintreten würde, was auch immer sie geplant hatten. Und dass sie damit Erfolg haben würden.«

Bayon strich ihr beruhigend über den unteren Rücken. »Haben sie nie einen Hinweis fallen lassen, worum es in diesem Plan gehen könnte?«

»Nein. Aber diese beiden«, sie deutete auf die Verräter, »könnten die Informationen haben, die wir brauchen.«

»Also gut.« Parish nickte grollend, noch immer lauerte Rachedurst in seinen goldenen Augen. Er schob die Waffe in das Holster an seiner Hüfte, packte die beiden knienden Verräter an den Haaren und zerrte sie auf die Füße. »Gehen wir.«

Keira sah zu, wie ihr Bruder Vincent und Savoy aus dem Raum schleifte, bevor sie sich an Bayons Brust schmiegte und tief seinen vertrauten Duft einatmete.

»Geht's dir gut?«, fragte er, während er die Arme um sie legte und die Wange auf ihren Scheitel bettete.

Sie lächelte und küsste seinen starken, breiten Hals. »Das wird es, sobald ich Antworten habe.«

»Die werden wir bekommen«, sagte er, ohne zu zögern. »Wenn Pantera eines sind, dann stur.«

»Stimmt.«

Im Augenblick hing ein Schatten über den Wildlands, aber Keira klammerte sich erbittert an den Glauben, dass sie ihre mysteriösen Feinde in naher Zukunft überwinden würden und die Magie ihr Land wieder heilen würde.

Und ihr Volk.

Bayon rieb die Wange an ihrem Haar. »Können wir jetzt nach Hause gehen?«

Noch einmal küsste sie ihn auf den Hals. Sie musste unbedingt mit ihrem Gefährten allein sein. »In die Höhlen?«

»Eigentlich dachte ich, du würdest bei mir wohnen.« Er hob den Kopf und betrachtete ihre skeptische Miene. »Wenigstens so lange, bis wir entschieden haben, wo wir leben wollen.«

Sie legte eine Hand an seine Wange und sog seine Schönheit in sich auf.

Es war idiotisch gewesen, dass sie jemals geglaubt hatte, sie könnte nicht mit einem Alphamann zusammen sein. Bayon war keine Gefahr für ihre Unabhängigkeit.

Er machte sie nur noch stärker.

»Mir ist egal, wohin wir gehen, solange wir nur zusammen sind.«

Sie konnte die Liebe, die in seinem Blick lag, bis auf den Grund ihres Herzens spüren.

»Bis in alle Ewigkeit, Süße.«

ZWEITES BUCH

Jean-Baptiste

von

Laura Wright

1

Der Anzugträger sah beschissen aus.

Jean-Baptiste stand mit dem Rücken zum Fenster der Krankenstation und sah den blonden Mann vor einer großen Zypresse auf und ab gehen. Der Anführer der Diplomatenfraktion wirkte stets beherrscht und gelassen, doch jetzt, als um sie herum das Sonnenlicht zu einem hellorangenen Schein verblasste, zeigte sich Raphaels wahrer Gemütszustand. Seine Kleidung war zerknittert und hing schlaff an seinem großen, schlanken Körper. Seine Gesichtshaut spannte über seinen kantigen Zügen, sein Blick war erschöpft, leer und verzweifelt. Immer wieder ballte er die Hände zu Fäusten, während er von einem Ende des Rasens zum anderen schritt.

»Du musst deinen Puma rauslassen, Raphael«, sagte Jean-Baptiste. Die Ironie seiner Worte fraß sich in seine Eingeweide, doch der Versorger in ihm – der Experte für mentale Belange der Pantera – setzte nach: »Wenn unser Geist unter den Belastungen ermüdet, ist der Puma in uns in der Lage, die Kontrolle zu übernehmen, damit unsere menschliche Seite eine Pause bekommt. Das ist die Art, wie wir überleben, so sind wir geschaffen.«

»Ich kann nicht«, murmelte Raphael.

»Ich verstehe, dass du deine Gefährtin beschützen willst, aber dein Puma kann das genauso gut.«

Raphael schüttelte bloß den Kopf.

Verflucht störrisch. Unter dieser Charakterschwäche schienen alle männlichen Pantera zu leiden. »Du kannst nicht während der ganzen Schwangerschaft in deiner Menschengestalt bleiben, sonst drehst du durch.«

»Das verstehst du nicht.« Raphael schleuderte ihm die harschen Worte geradezu entgegen.

Jean-Baptiste hatte keine Frau – und es sah immer mehr danach aus, als würde sich das nie ändern – aber er wusste, wie sich ein Puma-Mann verhielt, wenn es seiner Gefährtin schlecht ging. Die Verrücktheitsgrade reichten von »beherrschbar« bis »völlig durchgeknallt«. Aber bei Raphael und dem, womit er es zu tun hatte, konnte es leicht zu »apokalyptisch« ausarten. Seine Gefährtin Ashe trug das Schicksal der Pantera unter ihrem Herzen, und wenn sie wirklich innerhalb der Wildlands angegriffen worden war, wie Bayon behauptete …

Ein tiefes Knurren drang aus Jean-Baptistes Kehle, doch er unterdrückte es sofort. Im Augenblick durfte er seinem Puma auf keinen Fall gestatten, auch nur eine Kralle aus seinem Käfig zu setzen. Nicht einmal um den Dreckskerl aufzuspüren, der es wagte, auf dem Grund und Boden der Wildlands Hand an die schwangere Gefährtin eines Pantera zu legen. Dennoch lechzten Baptiste und sein Puma danach, den Eindringling zu finden und ihm ein großes, tiefes »P« in die Brust zu ritzen.

»Hat Bayon dir gesagt, was ich will?«, fragte Raphael mit vollkommen emotionsloser Stimme. Eine Brise wehte vom Bayou heran und raschelte im Louisianamoos, das die Zypresse umhüllte.

Baptiste nickte. »Ich wünschte, ich könnte helfen.«

»Das kannst du.«

»Tut mir leid, *mon ami.*« *Ich muss mit meinen eigenen Problemen fertigwerden.*

»Das ist keine Bitte, Baptiste.«

»Du vergisst vielleicht, dass ich nicht zur Diplomaten-Fraktion gehöre, Raphael.«

»Ich vergesse gar nichts.«

»Dann weißt du, dass ich dir nicht unterstellt bin.«

»Richtig.« Raphael hörte auf, hin und her zu laufen, und wandte sich mit finsterem Blick zu Jean-Baptiste um. »Aber das, wofür ich dich brauche, ist auch nicht unbedingt eine offizielle Pantera-Angelegenheit.«

Baptiste zog ruckartig die Brauen zusammen. Die Haut in seinem Nacken, wo er vor wenigen Tagen tätowiert worden war, begann zu brennen.

»Ich glaube auch nicht«, Raphael senkte die Stimme und vergewisserte sich mit einem Blick, dass keine anderen Pantera in der Nähe waren, »dass einer von uns beiden das wollen würde.«

Jean-Baptiste wurde von dem unbändigen Drang erfasst, den Mann anzuspringen und seinen schwächlich aussehenden Arsch zu Boden zu reißen, doch inzwischen war er den wilden Puma in seinem Inneren gewohnt und zwang seinen galligen Eingeweiden Geduld auf.

»Ich weiß, dass du hier einiges zu verkraften hast«, sagte er kühl. »Das respektiere ich. Zum Teufel, ich mache mir ebenso viele Sorgen wegen Ashe wie jeder andere Pantera auch. Vielleicht sogar noch mehr, schließlich bin ich Versorger.« Er hörte den bitteren Klang seiner eigenen Stimme. »Aber ich habe keine Zeit, um irgendwo hinzufahren …«

»Warum? Weil du gerade erst zurückgekommen bist?«

Jean-Baptiste erschrak. Er löste sich vom Fenster und stürzte auf den Mann zu. Über seine privaten Reisen nach New Orleans hatte er noch nie mit jemandem gesprochen. Dass der Anführer der Anzugträger etwas davon wusste, war gelinde gesagt beunruhigend.

»War es ein neues Piercing?«, fragte Raphael, der keinen Schritt zurückwich, als der andere Mann auf ihn zukam. »Oder hast du dich wieder tätowieren lassen?«

Baptistes Kiefermuskeln spannten sich. *Überspiel es, Mann. Lass dir keine Spur von deinem Unbehagen ansehen.* »Wusste gar nicht, dass eine Vorliebe für Körperschmuck ein Problem für dich ist«, sagte er mit einem lässigen Schulterzucken.

»Nicht der Schmuck. Aber … vielleicht der Grund, der dahintersteht?« Raphael blähte die Nasenflügel, und wieder blickte er sich nach eventuellen Mithörern um. Als er sah, dass der Rasen hinter der Krankenstation leer war, wandte er sich wieder an Jean-Baptiste und sagte mit leiser Stimme: »Ich weiß von deinem kleinen Problem.«

Baptiste blieb einen halben Meter vor dem Anzugträger stehen. Der Puma in ihm brüllte, kratzte und versuchte auszubrechen. Er wollte angreifen. Wollte diesem Mann, in dessen grünen Augen alle möglichen Anschuldigungen lagen, den Kehlkopf herausreißen. Doch alles, was Jean-Baptiste seinem inneren Tier gestattete, war ein kaltes, verwirrtes Fauchen. »Keine Ahnung, wovon du redest, *mon ami.*«

Unbeirrt fuhr Raphael fort, als hätte er nichts gehört. »Ich weiß nur nicht, wie es angefangen hat. Oder wann. Vor ein paar Wochen? Einem Monat?« Er sah Jean-Baptiste fest in die Augen. »Wenn man allerdings bedenkt, wie viel Schrott und wie viele Löcher du inzwischen im Leib hast, würde ich sagen, du versuchst schon seit einer ganzen Weile zu verheimlichen, dass du deinen Puma nicht mehr kontrollieren kannst.«

Die Worte trafen ihn so tief, dass er die Reaktion seines inneren Tiers nicht mehr zügeln konnte. Mit einem furchteinflößenden Knurren packte er den Mann an den Schultern und stieß ihn vor sich her wie ein Linebacker beim Football. »Scheiße, wer hat dir das erzählt?«, fauchte er. Speichel sammelte sich in seinem Mund, als er Raphael mit dem Rücken gegen den Stamm der Zypresse rammte.

»Das sind die Vorteile, die man als Anzugträger genießt«, sagte Raphael mit zusammengebissenen Zähnen. In seinen grünen Augen blitzte goldenes Feuer. »Ich habe Beziehungen außerhalb der Wildlands. Dieses Piercing hier … das in deiner Augenbraue, das mit

Malachit durchsetzt ist – tja, das wurde vom Bruder der Freundin eines meiner Spione gestochen.«

Baptistes Braue zuckte. Ebenso seine Unterlippe – die von zwei identischen Silberringen durchstochen war. Er war verraten worden. Von einem sehr, sehr dummen Menschenmann, der so gut wie tot war. Er zwang sich zu einem düsteren Lachen, doch es klang hohl. »Das beweist gar nichts.«

»Das glaube ich schon«, sagte Raphael. »Jede Tätowierung und jedes Piercing an deinem Körper enthält Malachit.«

Bevor er den Menschen tötete, würde er ihm die Zunge herausschneiden. »Ich mag dieses Mineral, das ist alles«, sagte er. »Es lässt die Wunden schneller heilen.«

Raphael schnaubte mit ungerührter Miene. »Das tut es bestimmt. Aber außerdem ist es genau das Mineral, das angeblich das Tier in unserem Körper festhält. Die Ältesten setzen es als Strafe ein, um einen wild gewordenen Puma zu bändigen.« Raphael kniff die Augen zusammen. »Und wie ich höre, benutzen es die Psychiater unter euch Versorgern bei Patienten, die ihren Geist oder ihr Katzenwesen nicht kontrollieren können.«

Tote, vergiftete Luft füllte Jean-Baptistes Lunge, als er den Mann an den Schultern packte. Jeder Zentimeter seiner Haut spannte sich straff über seinen Muskeln und Knochen, seine Reißzähne und Krallen wollten hervortreten. Beinahe unerträglich war der verzweifelte Drang, diesen Mann umzubringen, um dieser Befragung, diesen Anschuldigungen, dieser unmöglichen Wahrheit ein Ende zu machen. Also tat er das Einzige, was ihm übrig blieb.

Er ließ Raphael los und ging davon.

»Zu jeder anderen Zeit würde ich mich voll und ganz dafür einsetzen, dir den Arsch zu retten«, rief Raphael ihm nach. »Aber heute gilt meine Sorge einzig und allein meiner Gefährtin.«

Jean-Baptiste blieb vor dem Fenster stehen und betrachtete ebendiese Gefährtin. *Ashe.* Sie lag absolut regungslos im Bett und war so bleich wie der Tod.

»Geh zu dieser Voodoo-Priesterin, bei der du warst«, rief Raphael. »Die dir den Malachit und die ganzen Tattoos empfohlen hat. Und bring sie her.«

Dieser beschissene Mensch mit seinem losen Mundwerk sollte die letzten Tage seines Lebens lieber genießen. Baptiste drehte sich nicht um. »Unmöglich.«

»Mach es möglich.«

»Sie wird nicht kommen. Sie fürchtet sich vor der Magie der Wildlands.«

»Du wirst sie herbringen. Denn wenn du es nicht tust, werden die Pantera – allen voran die Ältesten – von deinem Geheimnis erfahren.«

»Das ist Erpressung«, sagte Baptiste kalt. Er drehte sich zu dem Anzugträger um. »Du bist verdammt tief gesunken, Raphael.«

Goldenes Feuer loderte in den Augen des Mannes. »Für Ashe und unser Junges würde ich bis in den Schlund der Hölle sinken.«

Jean-Baptiste starrte ihn an und ließ die Worte auf

sich wirken, während hinter ihm die Sonne im ruhigen Wasser des Bayous versank. Spannung und Hitze knisterten in der Luft um sie herum. Lange konnten sie nicht mehr hierbleiben und über diese Dinge reden, denn schon bald würden die Pantera nach draußen kommen und ihre Pumas spielen lassen, nachdem sie mit ihren Familien oder Fraktionen zu Abend gegessen hatten.

»Was willst du von der Voodoo-Priesterin?«, fragte Jean-Baptiste. »Du hast doch diese Menschenärztin. Oder war der Angriff ernster, als Bayon mir verraten hat?«

Raphaels Haut schien sich fast noch straffer über seine Knochen zu ziehen, und seine Augen verdunkelten sich vor Angst und Zorn. »Ashe wurde etwas injiziert. Sie ist nicht bei Bewusstsein, und sie ist … in der Gewalt von … ich weiß nicht …«

»Was?«, fragte Jean-Baptiste.

Raphael schüttelte den Kopf. »Einer Art dunklen Macht.«

Heilige Scheiße. »Sie ist besessen?«

»Wir wissen es nicht.« Die Stimme des Diplomaten brach. »Wir wissen es nicht.«

»Und das Junge …?«

»Sein Herzschlag ist kräftig. Mehr wissen sie nicht.«

Einen Fluch murmelnd, fuhr sich Jean-Baptiste mit der Hand durch die Haare. Es überraschte ihn, was für eine tiefe Besorgnis sein Puma und er für dieses neue, wichtige Leben empfanden, das im Körper von Raphaels Gefährtin heranwuchs. Trotz allem, was er in letzter Zeit durchmachte, war er in erster Linie und vor allem ein Pantera. Das Überleben seiner Art war wichtiger für ihn als sein eigener nächster Atemzug.

»Zum Teufel, was geschieht mit uns?«, flüsterte er düster. »Mit den Wildlands, den Pumas und der Magie?« Obwohl die Frage nicht konkret an Raphael oder sonst jemanden gerichtet war, antwortete der Anzugträger: »Ich weiß es nicht. Aber es wird schlimmer.«

Jean-Baptiste drehte sich zu dem Mann um. »Die Grenzen sind nicht mehr sicher.«

»Wir müssen handeln, Baptiste.«

»Ich breche heute Abend auf. Aber du musst mir dein Wort geben, dass das, worüber wir heute Abend gesprochen haben, nie wieder erwähnt wird.«

Raphael nickte. »Du hast mein Wort.«

»Falls es ein Problem gibt, melde ich mich. Andernfalls sehen wir uns morgen früh.« Jean-Baptiste wollte gehen, doch Raphael rief ihn zurück.

»Eins noch.«

Jean-Baptiste wandte sich um und zischte den Anzugträger an. »Ich gebe mir die größte Mühe, meinen Puma unter Kontrolle zu halten, und im Moment ist er nicht gerade gut auf dich zu sprechen.«

»Du wirst nicht allein gehen.«

»Wie bitte?«

»Ich schicke dir jemanden aus der Diplomaten-Fraktion mit.«

Baptiste schüttelte den Kopf. »Nein. Ich mache es allein oder gar nicht.«

»Ich muss dir Verstärkung an die Seite stellen. Einen erstklassigen Unterhändler für den Fall, dass deine Voodoo-Priesterin zum Problem wird.«

»Wir waren uns einig, dass diese Sache unter uns bleibt«, knurrte Baptiste. »Niemand sonst darf es erfahren.«

»Sie weiß es nicht.« Raphael kam auf ihn zu. »Sie denkt, der Auftrag wäre, jemanden herzubringen, der Ashe helfen kann.«

»Meine Voodoo-Priesterin könnte es ihr verraten – und unsere Verbindung auffliegen lassen.«

Der Anzugträger trat an das Fenster. Er blickte in das dahinterliegende Zimmer und fuhr mit der Hand über die Scheibe, dann ballte er sie zur Faust und fluchte. »Das ist dein Problem. Meine Gefährtin liegt da drin und kämpft um ihr Leben und um das ihres Jungen.« Er drehte sich um und starrte Baptiste düster an. »Das Junge, das vielleicht unser aller Erlöser sein könnte.«

Jean-Baptiste knurrte: »Wer ist es?«

»Das neuste Mitglied unserer Fraktion. Genevieve Burel.«

»Nein«, sagte Baptiste schlicht.

»Du kennst sie nicht einmal.«

»Ich habe von ihr gehört, und es wäre vollkommen hirnrissig, sie mit nach New Orleans zu nehmen, wenn mein Puma so instabil ist und sich auf jeden stürzen will, der mich auch nur ansatzweise wütend macht.«

»Sie ist hochintelligent.«

»Sie ist eine Nervensäge! Eine reizbare, zugeknöpfte, hochnäsige Nervensäge«, erwiderte Baptiste hitzig.

»Gut. Dann wird sie dafür sorgen, dass die Reise ein Erfolg wird.«

Er knurrte. »Entweder das, oder mein Puma erledigt sie, noch bevor wir die Wildlands hinter uns gelassen haben.«

Genevieve Burel legte eine perfekt gefaltete Bluse in ihre Reisetasche und zog behutsam den Reißverschluss zu. Ihr kritischer Blick glitt durchs Zimmer und machte Inventur: das ordentlich gemachte Bett mit dem Quilt, den ihre Mutter für sie genäht hatte, als sie noch ein Junges gewesen war, der alte Sessel, dem anzusehen war, dass er dringend neu aufgepolstert werden musste, der zerkratzte Holzboden, den sie in stundenlanger Arbeit abzuschleifen versucht hatte, und die staubigen Bilder und Fotos an den verblichenen Wänden.

Sie seufzte schwer. Erst vor einer Stunde hatte sie hier geputzt.

Sie hängte sich die Tasche über die Schulter und ging in den Flur und die Treppe hinunter, wobei sie darauf achtete, das lose Geländer nicht zu fest anzufassen. In einer Vase auf dem kleinen Tisch am Fuß der Treppe bemühte sich der Strauß Louisiana-Schwertlilien, den sie heute Morgen gepflückt hatte, sich aufrecht zu halten und seine Farbe zu bewahren. Die frappierend purpurfarbene Blume blühte das ganze Jahr über innerhalb der magischen Grenzen der Wildlands und war die Lieblingsblume ihrer Großeltern. Es war die Blume, die für den Tag, an dem sie sich auf immer verbunden hatten, stand. Genevieve versuchte jeden Tag eine für sie zu pflücken, doch inzwischen waren die Blüten immer schwerer zu finden.

Sie nahm die Vase vom Tisch und trat mit einem strahlenden Lächeln ins Zimmer ihrer Großeltern. Früher war dieses Zimmer der Salon gewesen, aber nachdem Genevieves Eltern vor sechs Monaten die Wildlands verlassen hatten, hatte sie den großen Raum zu einem Schlafzimmer umbauen lassen. So war es für ihre Großeltern einfacher, und sie hatte ihr Bestes gegeben, es trotz der alten, fehlgeleiteten Magie, die das Haus und seine Einrichtung langsam verfallen ließ, sauber und gemütlich herzurichten.

»Seid ihr fertig mit dem Abendessen?«, fragte sie das Paar, während sie die Vase ans Bett stellte. »Ich hoffe, es war in Ordnung. Ihr wisst ja, Eintopf ist nicht unbedingt meine Stärke.«

»Es war wunderbar, Bé«, sagte ihr fast kahlköpfiger Paw-Paw und drückte ihre Hand.

»Oh ja, wirklich«, bestätigte ihre Maw-Maw lächelnd mit rosigen Wangen. »Deine Kochkünste sind viel besser, als du glaubst.«

Genevieves Wangen wurden warm, und sie lachte. Ihre Großeltern waren die reizendsten, liebsten Geschöpfe der Welt, und sie wusste nicht, was sie ohne sie tun würde.

»Gehst du jetzt?«, fragte Paw-Paw. Die beiden lagen gemütlich nebeneinander im Bett, wie sie es inzwischen die meiste Zeit taten, und nippten, bis zur Taille zugedeckt, an ihrem Tee.

Genevieve nickte. »Ich sollte nicht länger als eine Nacht weg sein, wenn überhaupt.«

»Wir kommen schon zurecht«, versicherte Maw-Maw ihr mit einem breiten Lächeln. »Lena kommt uns besuchen. Du weißt doch, dass wir das Mädchen lieben. Obwohl sie eine Jägerin ist«, fügte sie augenzwinkernd hinzu. »Also nimm dir so viel Zeit, wie du brauchst.«

Paw-Paw nickte. »Genau. Unsere Bé ist jetzt eine wichtige Diplomatin.«

»So wichtig bin ich gar nicht«, sagte Genevieve. »Und niemals zu wichtig, um mich um meine Lieblingsgroßeltern zu kümmern.«

»Wir sind deine einzigen Großeltern, Bé«, sagte Paw-Paw schmunzelnd.

Genevieve stimmte in sein leises Lachen ein, aber innerlich zog sich ihr Herz so seltsam zusammen, dass sie fürchtete, ihr könnten jeden Moment die Tränen kommen. Ihre Großeltern begriffen nicht, was um sie herum vorging. Sie wussten nur, dass Genevieves Eltern beschlossen hatten, sich ein Leben außerhalb der Wildlands aufzubauen. Natürlich sahen sie, wie das Haus verfiel, und spürten auch den Verfall ihrer eigenen Körper, aber sie dachten nicht daran – oder weigerten sich, daran zu denken – dass mehr dahinterstecken könnte als nur Alter und Verschleiß.

Genevieve wusste es besser.

War die Magie in ihrem Haus, von der das Blut ihrer uralten Familie durchdrungen war, früher einmal unglaublich stark gewesen, so ließ sie jetzt immer mehr nach. Die Luft war nicht mehr vom Knistern der Energie durchsetzt und allen Gegenständen, allen Lebewesen fehlte der Glanz. Genevieves Eltern hatten beschlossen davonzulaufen, um nicht, wie sie es ausdrückten, »mit der Schande leben zu müssen, von der Magie verschmäht zu werden«. Aber Genevieve war fest entschlossen, zu bleiben und zu kämpfen, für ihre Großeltern zu sorgen und herauszufinden, warum die Schwächung der Magie an den Grenzen sich auch innerhalb der Wildlands fortsetzte. Und warum ihr Haus, wie die Ältesten behaupteten, als Einziges betroffen war.

Sie beugte sich über das Bett und gab ihren Großeltern einen Kuss auf die Wange. Sie rochen nach Kamillentee, Seife und liebgewonnenen Erinnerungen.

»Wir sehen uns morgen. Und versucht Lena nicht dazu zu bringen, euren Eistee aufzupeppen. Vor diesem Trick habe ich sie schon gewarnt.«

Während Paw-Paw schnaubte und grummelte, nahm Maw-Maw Genevieves Gesicht in beide Hände. »Du lachst doch nicht über eine alte Pantera-Frau, wenn sie dir eine schöne Zeit wünscht, oder? Vielleicht ein bisschen Spaß auf deiner Reise?«

»Ich lache nicht«, versicherte ihr Genevieve und richtete sich dann auf.

»Ich meine es ernst, Bé.«

»Ja, Ma'am.«

Als Genevieve aus dem Zimmer ging, rief Maw-Maw ihr nach: »Wenn es jemand nötig hat, mal loszulassen und sich zu amüsieren, dann bist du das.«

Sie schulterte ihre Tasche und ging zur Haustür. Sie liebte ihre Großeltern mehr als alles andere auf der Welt und wusste, dass die beiden nur ihr Bestes wollten, aber sie verstanden einfach nicht, wie lebenswichtig es für Genevieve war, im Hinblick auf ihre Ziele und Aufgaben fokussiert, kontrolliert und absolut entschlossen zu sein. Gerade jetzt. Was Raphael und die Anzugträger nicht wussten, war, dass sie für den engsten Kreis der Ältesten bestimmt war und an der Seite der drei weisen Pantera-Frauen arbeiten sollte. Es war eine begehrte Position, eine große Ehre, und es lag ihr im Blut. Viele Frauen in ihrem Stammbaum hatten für die Ältesten gearbeitet. Auch ihre Mutter war als Kandidatin auserwählt gewesen, bevor die Angst vor der Schande sie vertrieben hatte.

So schwach würde Genevieve nicht sein.

Sie trat aus der Tür in einen warmen Bayou-Abend. *Loslassen und sich amüsieren?* Die Worte ihrer Maw-Maw hallten in ihren Ohren wieder. Leider standen diese beiden Punkte ganz und gar nicht auf ihrer Liste.

»Miss Burel?«

In nicht mal einer Sekunde erloschen Genevieves Gedanken, und ihr gesamter Körper ging in Flammen auf.

Auf ihrer morschen Veranda mit der abblätternden weißen Farbe und der schnuckeligen Doppelschaukel stand der Mann, zu dem dieser tiefe, fordernde Bariton gehörte. Genevieve starrte ihn an wie ein Maulwurf, der zum ersten Mal das heiße, blendende Licht der Sonne sah. Es war unmöglich, den Blick abzuwenden. Ganz sicher war sie ihm bisher noch nicht begegnet. Daran hätte sie sich erinnert. Ihr Blick glitt über seinen Körper. Oh, ja. An einem Mann wie diesem, in seinen dunkelblauen Jeans und der schwarzen Lederjacke, konnte man nicht einfach vorbeigehen, ohne ihn anzustarren, einen zweiten Blick zu riskieren oder gegen einen Baum zu laufen. Er war so groß, dass sein Kopf das Verandadach streifte, und seine Brust war so breit, dass sein weißes T-Shirt über den Muskelmassen spannte. Aber was ihre Haut zum Kribbeln brachte, waren nicht nur seine Größe und sein grimmiges Auftreten, nicht nur die dichten dunklen Haare und der Dreitagebart, der seinen Mund umgab – und, oh, Gott, auch nicht diese unglaublichen bernsteinfarbenen Augen, die sie gleichzeitig verspotteten und musterten. Nein. Es war der in leuchtenden Farben tätowierte Totenkopf mit den verschlungenen Tribal-Mustern, der sein Schlüsselbein und seinen Hals bedeckte.

Und die Piercings.

Die Luft schien sich in ihrer Lunge zu sammeln. Ihr Mund war unangenehm trocken. Sie konnte den Blick einfach nicht abwenden. Von dem metallenen Barbell-Piercing an seiner rechten Augenbraue und den beiden dünnen Silberringen in seiner Unterlippe.

So etwas hatte sie noch nie an einem Mann ihrer Spezies gesehen. Am liebsten wäre sie auf ihn zugelaufen, hätte die Hände an seinen Hals gelegt und die farbigen Linien nachgezeichnet, sie erkundet und studiert. Doch stattdessen wich sie zur geschlossenen Eingangstür zurück, nicht um sich selbst zu schützen, sondern die beiden hilflosen Pantera im Haus. War das tatsächlich Jean-Baptiste, der Versorger, den Raphael ihr zugewiesen hatte? Oder jemand anderes? Jemand, der ihr etwas antun wollte? Schließlich waren die Wildlands unterwandert worden, und alle waren auf der Hut.

Die metalldurchstochene Augenbraue hob sich. »Raphael hat Ihnen gesagt, dass ich komme.«

Es war keine Frage. Sie hatte den Verdacht, dass er nicht der Typ Mann war, der viele Fragen stellte. Immerhin wusste sie jetzt, dass er nicht der Feind war. Zumindest nicht die Art Feind, wegen der sie sich Sorgen machen musste.

Sie streckte die Hand aus. »Ich bin Genevieve Burel.«

Er fasste sie nicht an, sondern senkte den Blick auf ihre Hand, um ihr dann wieder ins Gesicht zu sehen. »Ich weiß.«

Unter seiner langsamen, eingehenden Musterung legte sich Wärme auf ihre Wangen. Männer sahen sie nicht auf diese Art an. So begutachtend. Jedenfalls war es ihr bisher noch nie aufgefallen.

»Klar.« Sie ließ die Hand sinken. »Und Sie sind …«

»Jean-Baptiste«, brachte er den Satz für sie zu Ende.

»Ja. Freut mich, Sie kennenzulernen, Mr. Baptiste.«

Ein kurzes Aufflackern von etwas, das sie für Belustigung hielt, glitt über seine Züge. »Sind sie da sicher?«

»Entschuldigung?« Seine Zunge war hervorgeschnellt und über die beiden Silberringe in seiner Unterlippe gefahren. Speichel sammelte sich in ihrem Mund, und sie packte den Riemen ihrer Reisetasche so fest, dass ihre Knöchel sich weiß färbten. Was zum Teufel war mit ihr los? Noch nie in ihrem Leben war sie so durcheinander gewesen.

Das ist inakzeptabel. Für eine Diplomatin, eine Pantera und eine Frau. Aber ganz besonders für eine Schülerin der Ältesten.

»Ich habe gefragt«, er stieß sich vom Verandageländer ab und kam mit sinnlicher, katzenhafter Anmut auf sie zu, »ob Sie sich wirklich freuen, mich kennenzulernen. Denn wenn ich ehrlich bin, schreien Ihr Gesicht und Ihre Körpersprache ziemlich deutlich das Gegenteil, Miss Burel.«

Körpersprache?

Sie griff sich an die Perlmuttknöpfe an ihrem Blusenkragen und versuchte, den plötzlichen Schweißausbruch unter ihren Achseln unter Kontrolle zu bekommen. Himmel, das hier war so was von irritierend. »Ich versichere Ihnen, Mr. Baptiste«, sie räusperte sich, »dass mein Körper überhaupt nicht schreit.« *Moment, hatte sie das richtig formuliert?*

Er kniff die Augen zusammen. »Zu schade.«

Nein, hatte sie nicht.

»Was ich damit sagen wollte, ist, dass ich mich ganz auf unsere Mission in New Orleans konzentriere.«

Wieder räusperte sie sich und versuchte, ihm direkt in die Augen zu sehen, ohne dass sich ihre Beine komisch anfühlten. »Ich arbeite gern effizient – schnell rein und wieder raus.« *Oh Herrgott, das war nicht viel besser.*

Seine Augenbraue – die mit dem Piercing – hob sich gut einen halben Zentimeter.

Sie würden aufbrechen, die Veranda und die Wildlands verlassen, New Orleans erreichen, ihre Aufgabe erledigen und das Ergebnis zu Raphael bringen. Dann würden sie nie wieder Kontakt haben. Oder zumindest nie wieder miteinander reden. Sich nie wieder ansehen. *Sie ihn* jedenfalls nicht. Nicht diesen Mund und auch nicht diese Tattoos. Nie wieder würde sie sich fragen, wohin sie führten und wie weit abwärts sie reichten …

»Fertig?« Seine Frage riss sie aus ihren Gedanken. Aus unglaublich unangemessenen Gedanken.

»Absolut.« Sie wünschte, sie könnte sich selbst ins Gesicht schlagen, ohne dabei komisch und womöglich leicht geisteskrank auszusehen. »Sollen wir uns verwandeln?«, fragte sie, als sie an ihm vorbeiging und die Stufen hinunterstieg. Gott, wie gut er roch. Nach Leder und etwas, das sie nicht beschreiben konnte, das aber schon fast unerträglich appetitlich war. »Wenigstens bis zur Grenze. Ich weiß, dass wir die Magie nicht mehr nutzen können, sobald wir auf menschlichem Boden sind.«

»Wir gehen nicht zu Fuß nach New Orleans, Miss Burel«, sagte er, als er plötzlich neben ihr auftauchte.

»Das würde zu lange dauern. Und ich will diesen Ausflug so schnell wie möglich hinter mich bringen.«

Sie machte den Fehler, sich noch einmal zu ihm umzudrehen. Inzwischen war die Sonne ganz untergegangen, und das Dämmerlicht tauchte alles um sie herum in Lavendel- und Grautöne. Der abendliche Wind strich durch seine schulterlangen, dunklen Haare und traf auf sein dunkles, furchteinflößendes Gesicht. Obwohl sie sehr zierlich war, hatte sich Genevieve noch nie in ihrem Leben von jemandem eingeschüchtert gefühlt. Sie war eine starke, hartgesottene Frau, die sich der Realität stellte. Eine Frau, die wusste, was sie wollte, und es sich erkämpfte. Die Ängste und Unsicherheiten in ihrem Herzen hielt sie stets in ihren Schranken. Aber unter dem gebieterischen, prüfenden, sinnlich-leidenschaftlichen Blick dieses Mannes kam sie sich wie ein kleines, schmackhaftes Waldtier vor, dessen Stunden gezählt waren, wenn es nicht schnell in Deckung huschte.

»Wenn wir nicht laufen«, sagte sie schließlich, »wie sollen wir dann Ihrer Ansicht nach hinkommen? Hat Ihre Voodoo-Bekanntschaft Sie mit einer großzügigen Ration Feenstaub ausgestattet oder was?«

Im kühlen Licht des Monds loderte sein Blick hitzig auf. »Kein Feenstaub, Miss Burel. Nur ein *heißes Geschoss*.«

Bei seinen Worten – *den letzten beiden* – drohten Genevieves Beine nachzugeben. Sie öffnete den Mund, doch nichts kam heraus. Ein riesiger, tätowierter, roher Pantera-Mann hatte es geschafft, dass es ihr die Sprache verschlug. Noch nie zuvor hatte sie sich so geschämt.

Mit einem aufblitzenden Grinsen wandte Jean-Baptiste sich von ihr ab und lief den Weg entlang. »Kommen Sie, Miss Burel. Ich verspreche Ihnen, es wird nicht schneller, als Sie es verkraften.«

2

Die Frau neben ihm hätte verflucht heiß sein können, wären da nicht die ganzen Knöpfe, Reißverschlüsse und Haarnadeln gewesen, überlegte Jean-Baptiste, als er die Route 90 entlangbrauste. Mit seinen Katzenaugen konnte er auch in der Dunkelheit hervorragend sehen. Wie sie kerzengerade auf dem Beifahrersitz seines 1967er Jaguar Roadster Cabriolets saß, die milchweißen Finger auf dem knitterfreien Rock, war diese kleine Anzugträgerin mit ihren fantastischen Kurven und der herrlichen Oberweite der Inbegriff gereizter Beherrschtheit – bis auf ihre honigblonden Haare, die versuchten, dem Gefängnis eines übermäßig strengen Dutts zu entfliehen.

Verdammt, er hoffte, dass der Dutt verlor.

»Zu schnell für Sie, Miss Burel?«, rief er gegen den Wind an.

»Ganz und gar nicht, Mr. Baptiste«, gab sie zurück. Ihr Blick war nach vorn gerichtet, ihre Miene angespannt.

»Und für Ihren Puma?«

»Die fühlt sich ebenfalls sehr wohl.«

Die. Jean-Baptistes Augenbrauen zogen sich ruckartig zusammen, und er packte das Lenkrad ein winziges bisschen fester. Noch nie hatte er gehört, dass eine Pantera-Frau ihr Katzenwesen als eine Sie bezeichnete, und er fand es verflixt faszinierend.

»Haben viele Pantera Autos außerhalb der Wildlands?«, fragte sie, den Blick fest auf die Straße vor ihnen gerichtet.

»Es gibt einige von uns.«

»*Uns?*«

»Auto-Liebhaber. Wir kaufen und restaurieren alte Modelle. Sie stehen in privaten Garagen in La Pierre und Umgebung.« Er legte die Hand ans Armaturenbrett. »Das gute Stück hier war ein richtiger Schrotthaufen, als ich es bekam.«

Genevieve wandte sich zu ihm um. Ihre Augen waren vor Überraschung geweitet. »Sie haben diesen Wagen selbst hergerichtet?«

»Den Motor habe ich erneuert, aber hauptsächlich war es Arbeit an der Karosserie.« Im Licht des Mondes, der auf sie herabschien, sah sie unglaublich aus, dachte er. Der Wind peitschte ihr ein paar blonde Haarsträhnen ins Gesicht. Sie sah aus wie ein gottverfluchter Engel.

»Sie haben fantastische Arbeit geleistet«, sagte sie. »Es ist wunderschön.«

Verdammt, Miss Burel. Das sind Sie auch.

»Wie viele Pantera sind in Ihrem Auto-Club?«

»Schätzungsweise zehn. So in etwa.«

»Nur Männer?«

Seine Mundwinkel zuckten. »Nein. Auch zwei Frauen«, sagte er. »Beides Jägerinnen. Beide verrückt nach Mustangs.«

»Und ist eine von ihnen Ihre Gefährtin?«, wollte sie wissen.

Sein Blick schwenkte zu ihr. Vollkommen brav und anständig sah sie ihn an. Er wollte einen Klugscheißer-Kommentar wie *»Wieso denn nur eine?«* in den brausenden Bayou-Wind werfen, aber sie schien ihm nicht der Typ Frau zu sein, der diese Art von Humor lustig fand. Wahrscheinlich wäre sie sogar beleidigt.

Verdammt, sie war wirklich genau so, wie Xavier sie beschrieben hatte.

Der Geek hatte Baptiste alles über Genevieve Burel erzählt, über den angeblich genialen Neuzugang, den er und seine Technikkumpels im letzten Monat für ihre Pseudo-Fraktion hatten gewinnen wollen. Gerüchten zufolge war sie eine Meisterin im Dekodieren, und die Geeks hatten sie gedrängt, es doch einmal zu probieren. Aber nach ein paar Wochen war sie ausgestiegen. Die Geschichten über ihre gestärkten Kragen, ihre herrische Art und die einsilbigen Antworten waren legendär.

»Ich habe keine Gefährtin, Miss Burel.« Jean-Baptiste ließ den Blick über ihren Rock und die sexy Beine gleiten. Er wäre bereit, sich die herrische Art gefallen zu lassen, wenn sich diese Beine um ihn schlangen – und der gestärkte Kragen abgelegt war.

Oder abgerissen, von seinen Reißzähnen, dachte er mit einem gefährlichen Lächeln.

»Diese Frau, die wir abholen sollen«, sagte sie streng, »ist also nur eine Bekannte von Ihnen?«

»Etwas in der Art.«

»Eine Freundin?«

Der Wind, der sie umwehte, wurde kälter. »Sie ist weder meine Gefährtin noch trägt sie meine Prägung, wenn Sie das wissen wollten.«

»Ich wollte nicht persönlich werden, Mr. Baptiste.«

»Eindeutig.« Die Ausfahrt kam, und er schlug scharf nach rechts ein. »Schließlich scheinen Sie nicht einmal meinen Nachnamen zu kennen.«

Bei der plötzlichen Bewegung zuckte Genevieve zusammen und versuchte sich an etwas festzuhalten. Was sie erwischte, war auf der einen Seite der Türgriff und auf der anderen Baptistes Oberschenkel. »Noch einmal«, sagte sie, als sie die Hand zurückriss. »Nichts Persönliches.«

Aber für Jean-Baptiste kam der Rückzug zu spät. Und auch für den Puma in ihm. Ihre Hand und ihre Fingernägel hatten ihn gepackt wie eine leidenschaftliche Geliebte, und in diesem Moment wurde er hinter dem Reißverschluss seiner Hose hart wie Stahl.

»Ich wollte nur mehr über die Zielperson erfahren, die wir abholen und befördern sollen«, sagte sie. »Informationen sammeln. Mehr nicht.«

Heilige Scheiße, dachte er. Diese Frau war zwar reizbar und zugeknöpft, und äußerlich mochte sie so kalt wie Trockeneis sein. Aber ihr Blut war heiß. So heiß wie flüssige Lava. Durch seine Jeans hindurch hatte er ihr sinnliches Feuer gespürt, und diese Berührung hatte seinen ohnehin rastlosen Puma geweckt.

»Ich nehme meine Arbeit ernst, Mr. Baptiste«, fuhr sie fort.

»Das sehe ich«, murmelte er und kniff die Augen zusammen, als sie sich dem Vieux Carré, dem französischen Viertel näherten.

»Ich habe keine Zeit zu verschwenden.«

»Warum? Haben Sie nachher noch ein heißes Date?«

Das hatte er nicht sagen wollen, schließlich war er ziemlich sicher, dass sie jeglichen Humor verabscheute. Und als sie ihn ansah, ihn mit einem scharfen Blick durchbohrte, bei dem ihre hellblauen Augen wie zwei Eisberge wirkten, wusste er, dass er mit seiner Einschätzung richtiggelegen hatte.

»Wissen Sie«, sagte sie steif, »ich hatte gehofft, Sie hätten mehr von einem Pantera.«

Der Ständer in seiner Jeans und der fauchende Puma in seinem Inneren – ganz zu schweigen von dem unerwünschten sexuellen Interesse, das er für diese Frau entwickelte – sorgten dafür, dass er auch den letzten Funken von Manieren verlor, den er vielleicht einmal besessen hatte. »Oh, ich bin voll und ganz Pantera, Baby«, sagte er mit einem heiseren Knurren, als er in Richtung Toulouse Street weiterfuhr. »Wenn Sie es mir nicht glauben, kann ich gern am Straßenrand anhalten und es Ihnen zeigen.«

Sie rümpfte die Nase. »Das ist ekelhaft.«

»Nein, es ist die Wahrheit.«

»Als echter Pantera würden Sie keine unangebrachten Bemerkungen machen, wenn so viel auf dem Spiel steht – wenn das Leben und die Gesundheit von Raphaels Gefährtin in Gefahr sind. Und die des Babys.«

Schnell und scharf bog er in die Bienville Avenue ein, ohne ihren tadelnden Aufschrei zur Kenntnis zu nehmen. Sie fing an, ihm auf die Nerven zu gehen, was in Verbindung mit der körperlichen Anziehung eine ziemlich miese Kombination abgab. »Tun Sie nicht so, als würden Sie die Verhaltensweisen unserer Art kennen, Miss Burel. Für die Instinkte, das Wesen und die Funktionsweisen der Pantera bin ich zuständig. Sie sind noch so grün hinter den Ohren wie das Moos am Ufer des Bayous. Eine Schülerin, eine Beobachterin, gerade mal aus den Windeln raus – mir an die Seite gestellt, um darauf zu achten, dass ich mich an die Regeln halte. Was ich nicht tun werde.« Als er die Straße entlangbrauste, schlugen ihm die Gerüche von Nachtjasmin und von Hunderten von Restaurants entgegen. »Tja. Ich habe nicht um Gesellschaft gebeten. Aber ich kann es nicht ändern. Also, meine kratzbürstige kleine Puma-Dame, Sie werden mit Unangebrachtheiten leben müssen, und auch mit allem anderen, was ich Ihnen vor die Füße schmeiße.«

Er war überrascht, als sie sehr ruhig sagte: »Sonst … was?«

»Sonst werde ich unkooperativ und so gut wie unkontrollierbar. Ich weiß, das hier ist Ihre erste große Nummer bei den Diplomaten.« An einem Fußgängerüberweg hielt er an und ließ einige Passanten die Straße überqueren. »Sie wollen nicht, dass es schiefgeht, oder?«

Die Kiefermuskeln straff gespannt, blickte sie starr geradeaus. Farbe kroch an ihrem Hals hinauf. Wütendes Rosa stand ihr verflucht gut. Und er war ein Idiot, weil es ihm auffiel.

»Raphael hätte etwas mitteilsamer sein können, was Sie betrifft«, sagte sie steif.

Nein, hätte er nicht. »Was hat er gesagt?« Er trat aufs Gas, bog scharf rechts ab und fuhr die Chartres Street hinunter.

Genevieves Blick schweifte über die Menschenmassen, die zu ihrer Rechten in und aus den Restaurants und Galerien strömten. »Dass Sie ein Versorger sind. Ein Experte für Hirnforschung. Genial und ...« Sie warf ihm einen kurzen Blick zu und schnaubte. Ein richtiges Schnauben. *»Seriös.«*

Er wusste nicht genau, warum, aber ihr leichter Tadel traf ihn. »Und Sie glauben, ich bin nicht seriös, Miss Burel?«

»Nach allem, was Sie bisher an den Tag gelegt haben, nein.«

»Glauben Sie, nur weil ich einen Witz reiße, begreife ich nicht das Ausmaß dessen, womit unser Volk konfrontiert ist? Oder dass ich, nur weil ich eine scharfe Frau anmache, nicht in Sorge um Ashe ertrinke oder im Zorn auf denjenigen, der es gewagt hat, uns zu verraten?«

»Genau das denke ich«, sagte sie ruhig. »Und wenn Sie sich keine blutige Nase holen wollen, dann nennen Sie mich nicht noch einmal *scharf*.«

Ohne etwas zu erwidern, hielt Jean-Baptiste vor Isis Haus an und stellte den Motor ab. Das schmale blassrosa Haus wirkte recht unscheinbar, abgesehen von dem riesigen, blutroten Schild, auf dem VOODOO – DIE GANZE WELT DER MAGIE stand und darunter *Isi Rousseau*. Aber Jean-Baptiste kannte die Tiefe und Intensität der Magie in diesem Haus und würde sie niemals unterschätzen. Neben ihm wandte sich Genevieve zur Tür, um auszusteigen, wurde aber vom plötzlichen Klicken der Verriegelung aufgehalten.

Mit versteinerter Miene fuhr sie herum. »Gibt es ein Problem?«

Sein Blick streifte über ihr Gesicht. Helle, makellose Haut, ein Mund, der zu heißen, hungrigen Küssen einlud, und ein strenges Auftreten, das männliches Interesse abwehren sollte, Jean-Baptiste aber irgendwie zu einem hirntoten, halbwüchsigen Pantera-Mann werden ließ.

Ein Problem?

Scheiße, ja.

»Ob Sie es glauben oder nicht, Miss Burel«, sagte er mit kaum unterdrückter Aggression. »Ich würde alles tun, um den Pantera, Ashe und dem Baby zu helfen. Und das tue ich auch. Sie haben ja keine Ahnung.« Er hieb auf die Verriegelung ein und knurrte leise, als sie sich öffnete. »Gehen wir.«

Als Genevieve an Jean-Baptiste vorbeiging und in den schwach beleuchten Laden trat, rief sie sich noch einmal die Regeln dieses Spiels in Erinnerung. Sie musste dafür sorgen, dass die Voodoo-Priesterin nicht in die Nähe der Wildlands kam, dabei aber so tun, als wäre genau das ihr einziges Ziel. Sie wusste nur, dass die Ältesten glaubten, diese Frau würde den Wildlands, Ashe und dem Baby schaden. Und mehr brauchte Genevieve nicht zu wissen. Die Ältesten hinterfragte man nicht. Schließlich waren sie der essenzielle Kern der Pantera, die Weisen und die obersten Hüter. Sie und ihr Urteil standen über allem.

»Denken Sie dran, Miss Burel, das Reden übernehme ich«, sagte Jean-Baptiste, als er hinter ihr an einer Reihe von Büchern, Kristallen, Voodoo-Liebespuppen und Zaubertränken vorbeiging, alles beleuchtet von den blauen Flammen zahlloser Kerzen. »Isi wird darüber nicht erfreut sein.«

Isi. Sehr hübsch, dachte Genevieve. *Exotisch.* »Warum nicht?«

»Sagen wir, die Magie der Wildlands und ihre eigene vertragen sich nicht sonderlich gut.«

Mein Glück. »Woher kann sie das wissen? War sie schon mal in den Wildlands?«

»An der Grenze.«

Genevieve spürte ein Vibrieren in ihrem Körper und wandte sich um. Groß und breitschultrig, mit wachsamem Blick und seinen Tattoos und Piercings, die im Kerzenschein gespenstisch schimmerten, sah Jean-Baptiste aus wie der sexyeste Dämon der Welt. »Allein? Oder mit Ihnen zusammen?«

»Zügeln Sie Ihre Fragen, Miss Burel«, sagte Jean-Baptiste kühl. »Und vergessen Sie nicht, dass Sie ausschließlich in diplomatischer Funktion hier sind.«

»Ich weiß, warum ich hier bin«, gab sie zurück.

Wussten die Ältesten davon? Dass die Voodoo-Priesterin an ihren Grenzen gewesen war? War das der Grund, warum sie sie nicht hineinlassen wollten? Glaubten sie, sie hatte etwas mit dem zu tun, was Ashe zugestoßen war?

»Sieh an, Baptiste«, erklang eine beinahe überirdische Stimme direkt neben Genevieves Ohr.

Erschrocken fuhr sie herum und erblickte eine der außergewöhnlichsten Frauen, die sie je gesehen hatte. Nicht direkt neben sich, wie sie geglaubt hatte, sondern ganze drei Meter von ihr entfernt vor einem kobaltblauen Vorhang. Für einen Moment konnte Genevieve keinen klaren Gedanken fassen und blinzelte ein paarmal. Plötzlich drang ein Schwall Räucherwerk in ihre Nase, und alles in ihrem Kopf wurde verschwommen und langsam. Sie griff nach etwas, woran sie sich festhalten konnte, doch da war nichts.

»Isi.« Sie hörte Jean-Baptistes Stimme hinter sich. In seinem Ton lag eine schwere Warnung. »Hör auf damit.«

»Aber es macht solchen Spaß«, wimmerte sie beinahe.

»Sofort«, knurrte er.

Der Geruch der Räucherstäbchen erstarb, und der Nebel in Genevieves Gehirn lichtete sich. Sie holte tief Luft und verspürte das ungemein starke Bedürfnis, sich umzudrehen und wegzulaufen. Doch ihre Füße waren wie angewurzelt, und ihre Augen fixierten die andere Frau.

Isi.

Sie trug eine hautenge Jeans, schwarze High Heels und ein ärmelloses rotes Top, das an einem Ende ihren flachen Bauch und am anderen ihre festen Brüste zeigte. Sie hatte kurze, tiefschwarze Haare mit blauen Strähnchen. Eine tätowierte Rose, die sich um eine Kerze schlang, reichte von ihrem rechten Ohr bis zu ihrer Schulter, und in jedem Nasenflügel steckte ein Diamantpiercing. Obwohl Genevieves Gedanken furchtbar getrübt waren, wusste sie, dass diese Frau genau der Typ war, auf den Jean-Baptiste normalerweise stand. Eine verwandte Seele samt Tinte und Metall. Und sie fragte sich, ob es eine Lüge gewesen war, dass sie nur Freunde sein sollten.

»Hallo.« Sie unterdrückte das Bedürfnis, mit ihrem obersten Blusenknopf zu spielen, und ging mit ausgestreckter Hand direkt auf die Frau zu. »Ich bin Genevieve Burel. Diplomaten-Fraktion der Pantera.«

Die Frau ignorierte Genevieve und ihre Hand mit steinerner Miene und ging an ihr vorbei. Genevieve sah ihr nach. Die Absätze klackerten über den Steinfußboden, als Isi mit schwingenden Hüften auf Jean-Baptiste zuging. Gute Güte, diese Frau bewegte sich, als wüsste sie ihren Körper in jeder Lage richtig einzusetzen.

Sobald sie bei ihm war, hob sie die Hand an seinen Hals. »Sieht gut aus.«

»Finde ich auch«, sagte er.

Sie fuhr mit einem Finger über den Muskelstrang an seinem Hals. »Alles verheilt und bereit für das Nächste?«

Er grinste. »Immer doch.«

Die Unschärfe in Genevieves Kopf war verschwunden, doch als sie diese Frau betrachtete, empfand sie etwas anderes, weitaus Besorgniserregenderes. Isis Hände bewegten sich über Jean-Baptistes Körper, als hätten sie die immerwährende Erlaubnis dazu, und ihre Stimme schien ihn geradezu abzulecken, so intim war sie.

Waren sie ein Paar? Und wenn ja, warum hatte Jean-Baptiste es nicht zugegeben?

»Ich muss mit dir reden«, sagte er mit gewichtiger Stimme zu der Voodoo-Priesterin.

»Gibt's ein Problem?«, fragte diese.

Er nickte.

Isi sah sich nach Genevieve um. »Hat sich schon wieder eine arme, dumme Frau in dich verliebt? Müssen wir einen Aufhebungszauber vollziehen?«

»Nein«, sagte er mit einem leisen Lachen. »Nichts dergleichen.«

»Nein, nichts in dieser Art«, wiederholte Genevieve mit kaum verhohlenem Ärger. Mehr für sich, als für die anderen. Ihr wurde ganz übel von diesem Hin und Her, diesem flirt-ähnlichen, seltsam besitzergreifenden Verhalten, das sie empfand und an den Tag legte. Ihre Zukunft und die ihrer Familie hing von diesem einen Beförderungsauftrag ab. Oder besser gesagt davon, ihn zu verhindern. Allein darauf würde sie sich in den nächsten vierundzwanzig Stunden konzentrieren.

»Miss Rousseau«, sagte sie streng. »Wie ich schon sagte, bin ich im Auftrag der Pantera hier, um Mr.

Baptiste zu unterstützen. Ich soll dafür sorgen, dass Sie …«

Jean-Baptiste unterbrach sie unfreundlich. »Genug jetzt.« Er fasste Isi am Arm und führte sie den kerzenbeschienenen Gang entlang. Sein Blick war hart, der Zug um seinen Mund ebenfalls. »Wenn Sie uns entschuldigen, Miss Burel.«

»Das werde ich garantiert nicht!«, rief Genevieve ihm nach, deutlich leidenschaftlicher, als sie beabsichtigt hatte. »Das war nicht die Abmachung.«

Sie hörte Isi schnauben und ignorierte es.

»Wir sollen zusammenarbeiten, Mr. Baptiste«, fuhr sie fort und folgte den beiden.

»Mr. Baptiste?«, fragte Isi mit einem heiseren Lachen. »Was hat das zu bedeuten?«

Mit grimmiger Miene führte Jean-Baptiste Isi hinter den Vorhang und flüsterte etwas in angespanntem Tonfall, bevor er wieder auftauchte.

»Ich habe Sie gewarnt, Miss Burel«, sagte er, als er sich ihr in den Weg stellte. »Ich halte mich nicht an die Regeln. Besonders nicht an solche, die ohne mich vereinbart wurden.«

Starr blickte sie zu ihm auf. Sie hasste es, wie schnell ihr Herz schlug. »Das ist mir alles egal. Ich habe einen Auftrag zu erledigen. Raphael hat mich geschickt …«

»Raphael hat Sie als Verstärkung geschickt. Für den Fall, dass ich es nicht bringe.« Er senkte die Stimme. »Und ich bringe es immer, Miss Burel.«

Statt aus Muskeln und Knochen schienen ihre Beine plötzlich nur noch aus Wasser zu bestehen. Und sein Duft, dieser verwegene, männliche, animalische Geruch drang gewaltsam in ihre Nase, wo er mit den Überresten von Isis gedankenverwirrendem Räucherwerk um die Oberhand rang. Das war einfach unmöglich, dachte sie zutiefst irritiert.

»Also«, fuhr er in leisem, gefährlichem Ton fort, »werden Sie hier draußen bleiben, während ich eine Unterredung mit meiner … *Freundin* habe.«

»Das ist nicht fair«, knurrte sie. »So war das nicht geplant.«

Bernsteinfarbenes Feuer blitzte in seinen Augen. »Das Leben besteht aus Unfairness. Lernen Sie, das zu akzeptieren, dann werden Sie keine Enttäuschungen erleben.«

»Enttäuschung ist mein Lebenselixier, Mr. Baptiste. Sie hält mich in Bewegung, treibt mich an … Gegen sie zu kämpfen weckt meine Leidenschaft …« Sie versuchte, sich am Riemen zu reißen, schaffte es aber nicht, ihre Zunge im Zaum zu halten.

»Na, dann machen Sie sich mal darauf gefasst, in den nächsten vierundzwanzig Stunden äußerst leidenschaftlich zu sein.«

Sie konnte kaum atmen, als sie einander anstarrten. Dunkle Haare fielen auf seine Wangenknochen, ein paar verirrte Strähnen streiften die beiden Ringe in seiner Unterlippe. Ihr Blick wanderte zu dem vollen, prallen Fleisch. Wie mochte es sein, ihn zu küssen? Wie würde sie es tun? Würde es ihm wehtun, wenn sie versuchte, ihre Zungenspitze in einen dieser kleinen Ringe zu schieben? Wenn sie sacht daran zog? Ihn enger an sich zog?

Ein leises, männliches Knurren durchdrang die dichte Luft zwischen ihnen, und Genevieves Hirn sprang schlagartig wieder an. Oh Herrgott, was war nur los mit ihr? Was sie da sagte ... wie offen sie ihn anstarrte, ihn herausforderte. Sie, die bereit war, ein Leben im Dienst der Ältesten zu führen – ein Leben, in dem sie keinen Gefährten, keinen Sex und keine Intimität haben würde – war offensichtlich ausgerechnet auf den Pantera-Mann scharf, den sie überlisten sollte.

Das war übel.

Jean-Baptiste kniff die Augen zusammen und wich mit einem Ruck zurück. »Ich bin in fünf Minuten wieder da. Sehen Sie sich um. Vielleicht finden Sie ja etwas, das Ihnen gefällt.«

Schon passiert.

»Oder vielleicht finden Sie ein bisschen Spaß. Ich glaube, Isi füllt ihn in graue Fläschchen.«

Was zum Teufel tat sie da, fragte sich Genevieve verunsichert, als sie ihm nachsah, bis er hinter dem blauen Vorhang verschwand. Warum bohrte sich der oberste Knopf ihrer Bluse störend in ihren Hals und flehte geradezu darum, abgebissen zu werden, wo er doch sonst immer so angenehm auf ihrer Haut gelegen hatte?

Und warum musste sie jetzt nicht mehr nur die Mission erfüllen, die Voodoo-Priesterin von den Wildlands fernzuhalten, sondern auch um jeden Preis verhindern, dass diese dunkelhaarige Frau Jean-Baptiste jemals wieder anfasste?

Sie lenkte ihre Aufmerksamkeit auf einen Tisch mit Zaubertränken, atmete tief aus und fing an, wahllos Fläschchen hochzuheben. Von wegen Spaß. Hier musste es doch etwas geben, das einem eindeutig gestörten Verstand wieder Klarheit gab. Etwas, das einem Körper zur Ruhe verhalf, der vor wenigen Minuten zum ersten Mal die wahre Bedeutung der Worte *Begehren* und *Eifersucht* erfahren hatte.

3

»Hast du deinen verdammten Verstand verloren?«

Jean-Baptiste betrachtete die Frau mit dem schmutzigen Mundwerk, dem flinken Geist und dem messerscharfen Verstand. »Das weißt du doch.«

Isi hieb auf den Sitz des Ledersessels vor ihr ein und schnaubte. »Dann schwing deinen Arsch unter Dereks Nadel, ich werde nämlich auf gar keinen Fall noch mal einen Fuß in die verfluchten Wildlands setzen.«

»Derek«, murmelte er düster. »Der Idiot ist Katzenfutter.«

»Was?«

»Wenn ich ihn das nächste Mal sehe, ist er tot.«

»O Jesus«, murmelte sie, während sie ein Paar Handschuhe auspackte. »Was ist passiert?«

»Der Kerl, den du zum Stechen von magiedurchsetzten Tattoos angeheuert hast, kann seinen Mund nicht halten. Er hat es einem unserer Spione verraten, und der wiederum hat dem Anführer der Anzugträger geflüstert, was in der Tinte und dem Metall an meinem Körper steckt.«

Seufzend nahm Isi einige Instrumente und ließ sie in den Sterilisationsbeutel fallen. »Das tut mir leid. Ehrlich. Es tut mir leid. Aber wenn es das ist, was du von mir willst – ein Hausbesuch in den Wildlands – das kann ich nicht.« Sie sah ihn vielsagend an. »Weißt du nicht mehr, was beim letzten Mal passiert ist?«

Und wie er sich erinnerte. Es war etwa eine Woche nach dem Tag gewesen, an dem ihm das Problem mit seinem Puma bewusst geworden war. Daraufhin hatte er ein paar Kapseln des Malachitmittels eingeworfen, das er sonst seinen Patienten verabreichte, weil er sehen wollte, ob es das Katzenwesen wieder in seinem Körper verankerte.

Es hatte gewirkt.

Aber nicht lange.

Von da an hatte er gewusst, dass er etwas von dauerhafter Wirkung brauchte. Und er hatte auch gewusst, dass er es geheim halten musste, wenn er nicht eingesperrt werden wollte wie die Pantera, die er behandelte. Er hatte von Isi und ihren unglaublichen magischen Fähigkeiten erfahren und versucht, zu ihr zu kommen. Doch obwohl Pantera sich außerhalb der Wildlands nicht verwandeln konnten, hatte sein Puma es getan. Zweimal. Fast hätte er dabei ein paar Touristen erlegt. Am Ende hatte er sich in die Wildlands zurückgeschlichen und Isi angefleht, ihn aufzusuchen.

Der Versuch war nicht gut ausgegangen. Für keinen von beiden.

»Dir ist übel geworden«, sagte er in dem Versuch, die Wahrheit herunterzuspielen, als sie den Sterilisationsbeutel in das Gerät legte.

Sie ließ die Verriegelung zuschnappen, ehe sie sich umdrehte und ihn wütend ansah.

»Das war Seekrankheit hoch zehn, nur an Land. Ich konnte kaum noch stehen und nichts bei mir behalten.« Sie erschauerte bei der Erinnerung. »Der Grund dafür ist mir egal und auch, wie dringend es ist. Ich komme nicht mit.«

Seufzend verschränkte Jean-Baptiste die Arme vor der Brust. »Wie viel?«

»Was?«

»Wie viel? Wir zahlen. Sogar in Steinen, Mineralen … was du willst. Ich weiß, wie scharf du darauf bist, diesen Scheiß in die Finger zu kriegen, der unter der Oberfläche der Wildlands liegt.«

Baptiste sah ein Flackern freudiger Erregung, das ihre Augen aufhellte, aber schnell von einem Schleier der Furcht überlagert wurde.

»Nein.«

»Isi. Es könnte auch eine einmalige Sache gewesen sein.«

Sie deutete auf den Vorhang. »Du musst gehen. Ich habe gleich einen Kunden.«

Einen kurzen Augenblick dachte Jean-Baptiste daran, sich auf einen Streit einzulassen und dem menschlichen Kunden, den sie erwartete und der ihr mehr bot als nur Bares und Kristalle, eine Heidenangst einzujagen. Aber er kannte sie. Er wusste, was bei ihr funktionierte und was nicht. Oft ließ sie sich stark von ihrer Furcht leiten, und Verhandlungen waren sicher nicht der richtige Weg, um von ihr zu bekommen, was er wollte.

Nur leider würde der *richtige* Weg wahrscheinlich dazu führen, dass er verachtet und gejagt werden würde und vor allem keinen Zugang mehr zu den Tattoos und Piercings bekam, die sein Körper so dringend brauchte.

Zorn brodelte in Genevieves Innerem, als sie sah, wie sich die beiden Männer in der Lobby des protzigen Hotels *Fils de France* begrüßten. Nachdem Jean-Baptiste den Laden der Voodoo-Priesterin verlassen hatte und zu seinem Wagen gegangen war, hatte sie zuerst angenommen, sie hätte unheimlich großes Glück gehabt. Isi hatte Jean-Baptistes Vorschlag abgelehnt, und der tätowierte Versorger hatte sich nicht auf einen Streit eingelassen. Bis Mitternacht würde sie zu Hause sein, dachte sie selbstgefällig, und bei Sonnenaufgang würde sie vor den Ältesten stehen.

Der Puma in ihr hatte im Duett mit dem Motor des Jaguars geschnurrt.

Dann hatte Jean-Baptiste ein Telefonat geführt, und zwei Minuten später war er in die Auffahrt eines wunderschönen Hotels im French Quarter eingebogen. Bevor sie auch nur ein Wort herausbrachte – eine Frage oder die Forderung zu erfahren, was zum Teufel hier los war –, hatte ein anderer Mann in einem ähnlich schicken Wagen neben ihnen angehalten, und sie waren gemeinsam in das Hotel gegangen.

»Ich weiß das sehr zu schätzen, Michel«, sagte Jean-Baptiste mit leiser, fast verschwörerischer Stimme, als sie die luxuriöse, in Violetttönen gehaltene Lobby betraten.

»Jederzeit, *mon ami.*« Der Mann in Anzug und Krawatte war außerordentlich attraktiv, mit seinem kahlrasierten Kopf, den erschreckend breiten Schultern und durchdringend grünen Augen, die jeden Zentimeter des Hotels und seiner Gäste zu taxieren schienen. »Wie läuft es zu Hause? Erholt sich die Menschenfrau?«

Baptiste senkte die Stimme zu einem Knurren. »Du hast davon gehört.«

Michel nickte. »Wir arbeiten von dieser Seite aus daran.«

»Irgendwelche Spuren?«

»Ich fürchte, das sind Geheiminformationen.« Sein Blick blieb an Genevieve hängen. Während seine Augen wachsam blieben, zeigte sich auf seinen Lippen ein charmantes, selbstsicheres Lächeln. »Ich erkenne eine Diplomaten-Kollegin, wenn ich sie rieche. Und Sie, *ma chérie*, riechen nach den Magnolienblüten und der Dämmerung über dem Bayou.«

Genevieve spürte, wie ihr die Hitze in die Wangen schoss, und hätte sich am liebsten getreten. Diese neue, beschämende Seite ihres Wesens gefiel ihr gar nicht. *Um Himmels willen,* gut aussehende Kerle gab es wie Sand am Meer. Genau wie Komplimente.

»Michel«, stellte er sich vor.

Sie nahm die Hand, die er ihr anbot. Sie war warm und stark und, seinem Auftrag außerhalb der Wildlands entsprechend, wahrscheinlich in der Lage, sie mit minimalem Kraftaufwand zu töten. »Kein Nachname?«, fragte sie.

»Oh, Sie stehen auf Nachnamen?«, murmelte Jean-Baptiste.

Genevieve ignorierte ihn.

Michele kam näher. »Ich bin der Ansicht, dass ich keinen brauche.«

»Wie praktisch.«

Sein Lächeln wurde breiter. »Und Ihr Name, *ma chérie*?«

»Genevieve«, half Jean-Baptiste mit mehr als nur einem Anflug von Gereiztheit aus.

Grüne Augen musterten sie eingehend. »Ein schöner Name für eine schöne Frau.«

Ein tiefes, erbittertes Knurren hallte durch die geschäftige Lobby, und sowohl Michel als auch Genevieve sahen sich nach Jean-Baptiste um. Er sah aus, als wollte er Michel den Kopf abreißen. Seine Augen waren zu Schlitzen verengt, die Nasenflügel gebläht, und wenn sie sich nicht irrte, waren seine Eckzähne eine Spur länger als sie es außerhalb der Wildlands sein sollten.

Als ein Page, gefolgt von einem kichernden Pärchen, an ihnen vorbeiging, wandte sich Genevieve wieder zu Michel um und sagte: »Vielen Dank. Aber ich würde sagen, im Moment bin ich eher eine ungeduldige, genervte und irritierte Frau.«

Michels Blick ruhte fest auf Jean-Baptiste. »Bist du der Grund dafür, *mon ami*?«

»Wahrscheinlich«, brachte er hervor. Sein Tonfall war so bedrohlich, dass sich Genevieves Nackenhaare aufrichteten.

Mit einem leisen Lachen drückte Michel Jean-Baptiste etwas in die Hand und schlug ihm dann auf die Schulter. »Ihr habt die ganze oberste Etage. Der Eigentümer ist ein guter Freund. Es wird für alles gesorgt, was ihr wollt.« Sein Blick huschte zu Genevieve und dann zurück zu Jean-Baptiste. »Und ich entschuldige mich. Ich wusste es nicht.«

Jean-Baptiste nickte, dann atmete er tief ein, als versuchte er, sich unter Kontrolle zu bringen.

»Was wussten Sie nicht?«, fragte Genevieve, die auf den Schlüssel in seiner Hand starrte. Das war doch hoffentlich ein Witz. Und wenn nicht, dann wartete sicherlich ein Taxi vor der Tür. Zum Teufel, wenn es sein musste, konnte sie zu Fuß nach Hause laufen.

Als sie weder von Michel noch von Jean-Baptiste eine Antwort bekam, sah sie auf. In der Lobby waren zahlreiche Menschen unterwegs und checkten ein, doch der Pantera-Spion war verschwunden – als hätte es ihn nie gegeben. Panik flammte in ihr auf. Langsam drehte sie sich im Kreis und suchte nach ihm. »Wo ist er hin?«

»Kommen Sie, Miss Burel.«

Sie wirbelte zu Jean-Baptiste herum. Aber auch er war nicht mehr da. Er war auf dem Weg zum Aufzug.

»Hey!«, rief sie ihm nach.

Er antwortete nicht, dafür sahen einige Hotelangestellte in ihre Richtung.

»Wir bleiben nicht hier!«

»Sie müssen ja nicht, Miss Burel«, rief er zurück. »Der Ausgang ist da hinten. Sagen Sie Raphael einfach, ich kümmere mich darum.«

»Worum?« *Verdammt.* Sie rannte ihm hinterher, vorbei an drei kichernden, schwankenden Frauen, die offenbar ausgegangen waren und ihre abendlichen Cocktails genossen hatten. »Ihre Voodoo-Freundin hat Nein gesagt, oder nicht?«

»Das hat sie.«

»Dann können wir nichts mehr tun.«

»Ich lasse ihr ein bisschen Zeit, damit sie sich beruhigen und nachdenken kann.«

»Worüber nachdenken?«

»Kann es sein, dass Sie ganz schön schnell aufgeben, Miss Burel?«

»Was?« Ihr Herz geriet ins Stottern. »Natürlich nicht.«

Als sie bei den Aufzügen ankamen, ignorierte Jean-Baptiste die wartende Menge und ging geradeaus weiter zu einem anderen, kleineren Aufzug, der am Ende des Gangs lag. Er hielt seinen Schlüssel vor eine Metallplatte und wartete, bis das Tastenfeld sich rot färbte und ein Piepen ertönte. Dann sah er sich über die Schulter nach ihr um. Dunkle Brauen senkten sich über seinen unglaublichen Augen. Er musterte sie. »Ist es nicht Ihr Auftrag einzuspringen, wenn ich es nicht bringe?«

»Ich dachte, Sie bringen es immer, Mr. Baptiste.«

Das entlockte ihm ein ironisches Lächeln, bevor er in den wartenden Aufzug stieg. »Ich glaube, so langsam gefällt mir der Name. Morgen rede ich noch einmal mit Isi.«

Morgen? »Wollen Sie damit wirklich sagen, dass wir die ganze Nacht hierbleiben?«

»Sie können mitkommen oder es bleiben lassen, Miss Burel.«

Verdammt. Ohne ihn durfte sie nicht in die Wildlands zurückkehren, und sie durfte nicht zulassen, dass er Isi doch noch überredete. Sie brauchte Zeit zum Nachdenken. Sie brauchte Zeit, um …

»Gute Nacht, Miss Burel.«

Die würde sie wohl nicht kriegen.

Mit einem Satz sprang sie in den Aufzug, als sich die Türen gerade schlossen.

Zu Jean-Baptistes Verdruss – und möglicherweise auch zu seinem Verhängnis – brachte die Frau, die gerade in den Aufzug gestiegen war, nicht nur ihren Zorn und ihre Besorgnis mit in den luxuriösen, mit Glatt- und Wildleder ausgekleideten Kasten, sondern auch ihre ganz spezielle Körperwärme. Und dieses Gefühl wie warmer Honig drang sofort unter seine Haut und verwandelte ihn mitsamt seinem Puma in ein hungriges, sinnliches Raubtier.

Er lehnte sich mit dem Rücken gegen die Wand und zischte. Das Letzte, was er bei dieser Mission gebrauchen konnte, war eine unterschwellige sexuelle Anziehung, und doch hatte er selbst genau das unzählige Male provoziert. Er begehrte etwas, das er nicht begehren durfte, die kratzbürstige Anzugträgerin. *Scheiße.* Michels Flirt war vollkommen harmlos gewesen.

Er ließ den Blick über Genevieve wandern, über ihren atemberaubenden Körper und ihr hübsches Gesicht. Er knurrte leise. Wem wollte er etwas vormachen? Wenn es um Frauen ging, war nichts harmlos, was ein Pantera-Mann tat. Michel war absolut und hoffnungslos hin und weg von ihr gewesen, und Jean-Baptiste konnte es dem alten Lüstling nicht einmal verdenken. Genevieve Burel war die begehrenswerteste Frau, die er je zu Gesicht bekommen hatte. Dass ihre biedere Hülle vor jedem verbarg, wie genau diese Einschätzung zutraf, machte sie nur noch heißer.

»War das von Anfang an geplant, Mr. Baptiste?«, frage sie in strengem Ton, während sie ihm vom anderen Ende des Aufzugs aus fest in die Augen sah.

»Was meinen Sie, Miss Burel?«

»Die Übernachtung?«

In seinem Körper zuckte es. »Es bestand immer die Möglichkeit, dass unser Auftrag länger als nur ein paar Stunden dauern würde.« Er verschränkte die Arme vor der Brust und betrachtete sie. »Und da Sie eine Tasche dabeihaben, war Ihnen das offenbar deutlich bewusst. Also, was wollen Sie wirklich fragen?«

Sie schluckte schwer und zuckte die Schultern. »Ich wollte nur wissen, ob da noch etwas anderes läuft.«

»Zum Beispiel?«

Sie sah ihn scharf an. »Wollen Sie mich wirklich zwingen, es zu sagen?«

Seine Lippen zuckten. »Ja, ich denke, das will ich.«

Sie holte tief Luft. »Versuchen Sie, mich zu verführen, Mr. Baptiste?«

Allein die Frage brachte sein erhitztes Blut zum Kochen, und seine Finger krümmten sich unter dem

Drang, ihr die Kleidung vom Leib zu reißen. Diese Frau machte ihn wahnsinnig, und er wusste nicht einmal genau, warum. Sicher, sie war schön und sexy und faszinierend, aber da war noch mehr. Er stieß sich von der Wand ab und ging auf sie zu. Bei jedem Schritt umfing ihn ihr Duft, kroch unter seine Haut und drang in seine Nase. Michel hatte recht gehabt. Sie roch nach Blumen und der Dämmerung, und es ging ihm wahnsinnig auf die Eier, dass das einem anderen Mann vor ihm aufgefallen war.

Ihre Augen weiteten sich, als er auf sie zukam. Sie wich zurück, bis sie mit den Schultern gegen die weiche, wildlederbezogene Aufzugwand stieß.

»Verführung ist eine Selbsttäuschung, Miss Burel«, sagte er, als er vor ihr stehen blieb. »Ein Mittel, um die eigenen Wünsche zu überspielen und die Bedürfnisse des eigenen Körpers zu leugnen, damit man nicht die Verantwortung dafür übernehmen muss, sich zu nehmen, was einem zusteht.« Er konnte nicht widerstehen und atmete tief ein. Dann stieß er einen Fluch aus. »Wenn Ihre Lippen sich bereitwillig öffnen, wenn Ihre Augen flehen und es Sie in den Fingern juckt zuzugreifen, sich zu bedienen, wenn Ihre Möse heiß und feucht ist, und die kühle Luft in Ihrer Umgebung plötzlich flimmert vor Erregung, dann beruht es auf Gegenseitigkeit. Und wenn nicht? Bei einem ehrenhaften Mann reicht ein einfaches *Nein*, damit er verdammt noch mal den Rückzug antritt.«

Der Aufzug kroch wie eine Schnecke aufwärts, wohingegen Genevieves Atem ziemlich schnell ging.

Er sah, wie sie sich mit der Zunge über die Unterlippe fuhr.

»Das könnte ich für Sie machen«, flüsterte er.

Sie hob den Blick und sah ihm in die Augen. Im Blau des Bayous schwamm weißes Feuer. Gott, sie war so umwerfend, dass er sich kaum noch rühren konnte.

»Und Sie wollen es doch auch, nicht wahr, Miss Burel? Sie wollen, dass ich Sie lecke?«

Ihre Nasenflügel blähten sich, und ein leises Wimmern drang aus ihrer Kehle.

»Ich muss zugeben, ich glaube nicht, dass ich mich bremsen könnte.« *Oder meinen Puma.* »Von dem Moment an, als ich Sie zum ersten Mal gesehen habe, wollte ich wissen, wie Sie schmecken.« Er beugte sich dicht an ihr Ohr. »Und nicht nur Ihre Lippen.«

Sie holte scharf Luft, was ihm ein Knurren entlockte. Und der Duft ihrer Erregung packte den unschuldigen Geruch der Magnolienblüten und des Bayous in der Dämmerung am Genick und stieß ihn beiseite, eroberte Jean-Baptistes Nase und ließ seinen Schwanz schmerzhaft anschwellen.

»Die Tür«, flüsterte sie mit gequälter, atemloser Stimme.

»Welche Tür?«, raunte er, während er seine Nase über ihre Wange gleiten ließ.

»Hinter Ihnen.«

Ihre Haut war so verflucht weich. Und sie würde auch an anderen Stellen weich sein. An ihrem Bauch, ihrem Rücken, in ihren Kniekehlen, zwischen ihren Schenkeln …

»Wir sind da«, sagte sie beinahe gequält.

Scheiße.

Zähneknirschend wich er zurück, sein gesamter Körper war steif vor Verlangen, das er nicht noch zusätzlich anheizen sollte. Der Puma in ihm wetzte bereits die Krallen und wollte sich auf sie stürzen, und in letzter Zeit war es diesem Tier scheißegal, wo es auftauchte und über wen es herfiel. So wie diese Frau ihn ansah – voller Sehnsucht und Angst und sinnlicher Neugierde – würde er den wilden Puma nicht mehr kontrollieren können, wenn er ausbrach.

»Und jetzt?«, fragte sie flüsternd, während sie ihn mit Blicken verschlang.

»Wir könnten noch ein bisschen in dieser Kiste bleiben«, murmelte er. *Verdammt.* Er war ein Idiot.

Sie nickte schwach.

»Oder wir können es jetzt sofort tun – aussteigen, meine ich.«

Die Doppeldeutigkeit seiner Worte entging ihr nicht, und sie errötete verärgert und bezaubernd. Er fragte sich, ob sie am ganzen Körper so rosig wurde, wenn man sie reizte.

Sein Blick schnellte nach oben, vorbei an ihrem blonden Haarknoten zu der offenen Aufzugtür und der geschliffenen Glastür ihrer Suite, die wenige Schritte entfernt lag. Im Augenblick wollte er nichts dringlicher, als jeden einzelnen ihrer an die hundert Blusenknöpfe abzureißen, um das, was sich darunter befand, zu betrachten, zu berühren und zu vernaschen. Aber so ein selbstsüchtiger Arsch würde er nicht sein. Selbst wenn er seinen Puma lange genug im Zaum halten konnte, um ihren Geschmack auf seiner Zunge zu kosten, war er nicht der richtige Mann für sie. Mit einer dauerhaften Verbindung, wie sie bei den Pantera üblich war, konnte er nicht dienen. Und sie war der Typ Frau, der genau das nicht nur einfordern würde, sondern es auch von ganzem Herzen verdiente.

Er knurrte leise, packte ihre Hand und ihre Tasche und zog sie aus dem Aufzug. In zwei Punkten hatte Xavier recht gehabt: bei ihrer Intelligenz und ihren gestärkten Kragen. Aber davon abgesehen wusste der Mann einen Scheißdreck. Diese Frau war nicht nur scharf und sexy, sondern auch faszinierend und unschuldig. Und wäre Jean-Baptiste noch der Mann, der er früher einmal gewesen war, der Mann mit unberührter Haut, einer optimistischen Lebenseinstellung und einem Puma, den er mit bloßen Gedanken im Zaum halten konnte, wäre er vor Genevieve Burel auf die Knie gegangen und hätte sie gebeten, seine Prägung anzunehmen. Ihn vielleicht sogar als Gefährten in Betracht zu ziehen, verdammt – als den einzigen Mann, dem es jemals erlaubt wäre, den weichen, sinnlichen Spielplatz zu erkunden, den sie unter diesem ganzen Stoff verbarg.

4

Zum fünften Mal schritt Genevieve durch das luxuriöse Wohnzimmer der Suite, das Handy fest an ihr Ohr gepresst. Ihre Haut kribbelte noch immer von der Aufzugfahrt mit Jean-Baptiste, und ihr Kopf weigerte sich, den Vorhang des Vergessens vor sein Gesicht, seine Augen und seine Lippen fallen zu lassen. Sie verstand nicht, was mit ihr geschah und warum sie sich einfach nicht davon freimachen und es vergessen konnte. Er sah umwerfend aus, ja. Sein Körper war so groß und muskulös, dass sie sich daneben winzig und unscheinbar vorkam, und er trug diese gefährliche, geheimnisvolle Komm-mir-nicht-zu-nahe-Ausstrahlung wie eine zweite, sehr erotische Haut. Aber sie war eine kluge Frau. Vernünftig und besonnen. Sie hatte einen Auftrag zu erledigen. Eine Zukunft zu retten. Sie hatte ein Haus und eine Familie, für deren Sicherheit und Schutz sie sorgen musste. Und kein Mann – nicht einmal der hinreißende Jean-Baptiste – würde ihr dabei in die Quere kommen.

Ganz egal, wie sehr ihr Körper sie anflehte, es sich anders zu überlegen.

»Verdammt«, murrte sie und zwang sich dann zurück in die Realität, als die Frau am anderen Ende der Leitung sich über ihren Ausbruch wunderte. »Nein,

nein«, beeilte sich Genevieve zu sagen. »Das hat nichts mit dir zu tun. Es ist alles in Ordnung, und ich komme morgen früh nach Hause. Versprochen.«

»Machen Sie keine Versprechungen, die Sie nicht halten können, Miss Burel«, erklang ein scharfes, männliches Knurren hinter ihr.

Genevieve fuhr zusammen und hieb auf den Ausschaltknopf.

»Haben Sie Ihr heißes Date abgesagt?«, fuhr er fort.

»Ich habe Ihnen schon gesagt, dass ich kein ...« Der Satz verlor sich im Nichts, als sie sich umdrehte und ihr Blick auf das anbetungswürdige Exemplar von Mann vor ihr fiel.

Jean-Baptiste stand in der Tür zum Schlafzimmer, nur ein weißes Handtuch um seine schmalen Hüften geschwungen. Offenbar kam er gerade aus der Dusche, denn seine Haare waren nass und glatt zurückgekämmt. Einige Wassertropfen hingen an seiner festen, über und über tätowierten Brust. Genevieve sog jeden Zentimeter dieses Anblicks in sich auf, jede Linie, jede Farbe. Den Schädel und das Tribal-Muster an seinem Hals und Schlüsselbein hatte sie schon gesehen, doch darunter erstreckten sich bis über beide Schultern und die schweren Oberarmmuskeln zwei schwarz-goldene Pumas, die ihre Zähne bleckten. Unter ihren Tatzen schlängelten sich kunstvolle Linien in Grün und Blau, die sich zu bewegen schienen wie Wasser und Gras – wie der Bayou.

Ihr prüfender Blick wanderte weiter. Seine Brustmuskeln waren untätowiert, aber eine Brustwarze war durchstochen, und ganz unten am Ansatz seiner Bauchmuskeln war wie von Katzenkrallen das Wort Pantera eingeritzt.

In einem kurzen Moment hätte Genevieve ihn beinahe aufgefordert, sich umzudrehen. Gott, sie wollte seinen muskulösen Rücken sehen, wollte wissen, welche Tattoos dort auf seine glatte, braun gebrannte Haut gestochen waren.

Doch dann meldete sich ihr Verstand zurück.

»Ich dachte, das wäre mein Zimmer«, sagte sie und deutete auf den Raum hinter ihm.

»Das ist es.«

»Und meine Dusche.«

Er rümpfte die Nase. »Ich habe eine Badewanne.«

»Und ist das ein Problem?«

»Ich benutze keine Badewannen, Miss Burel.« Seine Brauen hoben sich. »Es sei denn, ich habe Gesellschaft.«

Obwohl ihr klarer Verstand wieder da war, weigerte sich ihr Körper standhaft, ihm die Kontrolle zu überlassen. Wieder zogen ihre Beine diese Wie-aus-Wasser-Nummer ab, und die Haut spannte sich über ihren Muskeln. Sie konnte nichts dagegen tun, gegen diesen unbekannten, unwiderstehlichen Drang sich auf ihn zu stürzen.

In Genevieves Leben hatten Lust und tiefes sexuelles Interesse nie eine Rolle gespielt. Sie war zu sehr damit beschäftigt gewesen, ihre Karriere aufzubauen und für ihre Großeltern zu sorgen. Und in letzter Zeit auch damit, nicht wütend auf ihre Eltern zu sein, weil diese sich so feige verdrückt hatten und sie mit der sterbenden Magie in ihrem Haus allein gelassen hatten. Sicher hatte sie Männer attraktiv gefunden. Aber sie wirklich begehrt? Den Wunsch verspürt, ihre Haut zu berühren? Ihre Lippen zu schmecken? Mit den Fingern durch ihre Haare zu fahren und dabei zu knurren und in flehendem Ton schmutzige Dinge zu fordern?

Nein. Nicht bis heute.

Nicht bis Jean-Baptiste.

Ihr Magen zog sich zusammen. Diese … diese Anziehung, diese Lust, dieses Verlangen, zu ihm zu eilen und ihre Zunge über seinen Hals, seine Brust, seinen Bauch und die Hüften gleiten zu lassen …

Es wäre ihr Ende, wenn sie das täte. Für die Ältesten zu arbeiten erforderte volle Konzentration, ein Keuschheitsgelübde und eine Eins mit Sternchen für diese Mission. Sie durfte sich nicht aus dem Konzept bringen lassen.

»Also, wer war das am Telefon?«, wollte er wissen.

Genevieve stürmte auf ihn zu. Wenn sie es nur bis in ihr Schlafzimmer schaffte und die Tür hinter sich schloss …

»Ich habe nur meiner Familie Bescheid gesagt, dass es mir gut geht.«

»Ihre Familie macht sich Sorgen um Sie?«

»Natürlich.« Sie umrundete die Ledercouch.

»Sie sehen mir nicht nach dem Typ Frau aus, um den sich die Eltern Sorgen machen müssten.«

Im Gegensatz zu Ihnen, Mr. Baptiste. »Tut mir leid, ich weiß nicht, was Sie meinen.«

Sein Mund verzog sich zu einem verruchten Lächeln. »Und ob Sie das wissen.«

Direkt vor ihm blieb sie stehen und wartete darauf, dass er beiseitetrat, doch das tat er nicht. »Sie haben eine sehr ausgeprägte Vorstellung, wer ich bin, Mr. Baptiste. Ich wüsste gern, woher das kommt. Hören Sie auf Gerüchte, oder beurteilen Sie Menschen nur nach ihrem Äußeren?«

Er ließ den Blick an ihr hinauf- und hinabwandern. »Was würde Sie mehr ärgern?«

»Da bin ich nicht sicher.«

»Das sollten Sie aber, Miss Burel. Denn das eine wäre verständlich, das andere nicht.«

»Und was trifft auf Sie zu?« Gott, er roch so gut. Nach Seife und hungrigem Puma.

Er hob den Blick und sah ihr in die Augen. »Sagen wir einfach, dass jeder von uns Urteile aufgrund von Äußerlichkeiten fällt.«

Also hatte er Gerüchte über sie gehört? Wer zum Teufel redete über sie? Und was?

»Sie finden es vielleicht verständlich, aber ich bilde mir kein Urteil über andere«, sagte sie, während sie mit aller Macht versuchte, ruhig zu atmen. Er war einfach viel zu nah. Ihr wurde ganz schwindelig von seinem Geruch und der ganzen nackten, tätowierten, muskelüberspannenden Haut. Würde er sie auffangen, wenn ihre Beine nachgaben und sie hinfiel? Vielleicht sollte sie es ausprobieren.

»Kommen Sie, Miss Burel, tun Sie doch nicht so, als hätten Sie nicht beim ersten Blick auf mich, auf das hier«, er zeigte auf seine Lippe, »und die hier«, er strich mit einer Hand über seine Schulter, »entschieden, dass ich Ärger bedeute.«

Wie ich diese Hand beneide. »Das werde ich nicht leugnen«, sagte sie steif. »Allerdings glaube ich, dass mein Urteil in diesem Fall zutreffend war.«

Seine Augenbraue – die ohne Piercing – zuckte nach oben.

Sie sah ihm fest in die Augen. »Sie bedeuten tatsächlich Ärger, Mr. Baptiste.«

»Ich habe Ihnen nichts getan, Miss Burel.«

Außer mich dazu zu bringen meine ganze Zukunft infrage zu stellen. Außer mich immer und immer wieder vergessen zu lassen, warum ich eigentlich hier bin.

Dann hob er die Hand und berührte ihre Haare, fing eine Strähne ein, die sich längst aus ihrem kläglichen Knoten gelöst hatte, und schlang sie zärtlich um seinen Zeigefinger. »Sie haben schöne Haare. Sie sind wie Seide in meiner Hand.«

»Danke sehr.« *Gott, was sollte sie sonst sagen?* Ihr Herz hämmerte gegen ihre Rippen.

Aus zusammengekniffenen Augen betrachtete er ihren Scheitel und ihren Haarknoten. »Ich habe das unwiderstehliche Bedürfnis, ihn zu öffnen. Ich will sehen, wie dieses ganze Gold aussieht, wenn es Ihr Gesicht umrahmt, Ihren Hals küsst und auf die helle Haut Ihrer Schultern fällt.«

Genevieves Brustkorb zog sich zusammen. Ebenso ihr Busen und ihre Brustwarzen. »Sie meinen, auf den Stoff meiner Bluse.«

Er schüttelte den Kopf. »Nein, Miss Burel. Das meine ich nicht.«

Ihr Magen zog sich erwartungsvoll zusammen, und darunter, zwischen ihren zittrigen Beinen, spürte sie, wie sich die Hitze verflüssigte. Ihre Lippen teilten sich, und sie griff sich schwer atmend an ihren Hals, weil ihr der oberste Knopf ihrer Bluse den Atem abschnürte. Viellicht sollte sie nur diesen einzigen Knopf öffnen …

Ein Klopfen an der Tür ließ beide aufschrecken.

»Verdammt.« Jean-Baptistes Stimme klang sehr gefährlich, als er an ihr vorbeimarschierte.

Genevieve nutzte die Gelegenheit, zu ihrem Zimmer durchzubrechen, wo sie in Sicherheit wäre und sie sich den Kopf wieder geraderücken könnte.

»Sie kümmern sich um Ihre Tür«, rief sie ihm nach. »Und ich mich um diese hier.«

Sie spürte einen starken Luftzug, als Jean-Baptiste die schwere, geschliffene Glastür aufzog und dann denjenigen anfauchte, der davorstand.

Er hatte sich angezogen.

Er hatte sogar den Tisch gedeckt.

Aber als er Genevieve über den schwarzen Marmor hinweg ansah, wollte er sie nur noch ausziehen und es inmitten des Porzellans mit ihr treiben.

Sie trank ein Bier. Das war alles. Aber die Art, wie sie es tat, ließ seinen Schwanz strammstehen und nach einem Ausweg aus seiner Jeans schreien. Ihre langen, hellen Finger schlossen sich um den Hals der kleinen, braunen Flasche, und ihre Lippen versiegelten die Öffnung, während sie schluckte.

Oh verdammt, er war am Arsch.

In seiner Brust knurrte und fauchte der Puma zustimmend.

Halt dich zurück, Mistvieh.

Nicht in einer Million Jahren hätte er diese Frau für eine Biertrinkerin gehalten. Margarita vielleicht. Oder Wein. Wahrscheinlich eher Shirley Temple.

Sie sah auf und ertappte ihn dabei, wie er sie anstarrte. Mit der fast leeren Flasche *Bayou Bock* in der Hand deutete sie auf den vollen Teller, der vor ihm stand. »Sie essen ja gar nichts.«

Sehr gut beobachtet, Miss Burel. Ich habe zu viel damit zu tun, Sie anzusehen, scharf auf Sie zu sein und meinen Puma im Zaum zu halten. Und zu verhindern, dass mein stahlharter Schwanz explodiert.

»Ich fange gleich an.«

»Warten Sie nicht, bis es kalt ist«, mahnte sie ihn. »Es ist fantastisch. Das beste Étouffée, das ich je gegessen habe. Es war nett von deinem Freund, dem Spion, das zu arrangieren.« Sie legte den Kopf schief. »Michel, nicht wahr?«

»Schon möglich«, sagte Jean-Baptiste, dem es nicht gefiel, den Namen des Anzugträgers aus ihrem Mund zu hören. »Aber er ist nicht nett. So denken Männer nicht. Und Pantera-Männer schon gar nicht.«

Die Gabel stockte auf halbem Weg zu ihrem Mund. »Wirklich?«

»Wir lauern, fordern und erobern, Miss Burel. Wir

sind von Natur aus Raubtiere. Wir sehen etwas, das wir haben wollen, und holen es uns.« Er stach seine Gabel mitten in den Seewolf und nahm ein dampfendes Stück weißes Fleisch auf. »Er wollte Sie beeindrucken.«

Einen Augenblick lang sah sie nachdenklich aus, dann lächelte sie breit. »Tja, wenn er mich wirklich beeindrucken wollte, hätte er zu diesem Étouffée noch Beignets und Kaffee serviert.«

»Das werde ich ihm fürs nächste Mal sagen«, sagte Jean-Baptiste, ehe er sich eine Gabel Fisch in den Mund schob.

»Ehrlich?«, fragte sie überrascht.

»Nein.«

Sie lachte. Dann aß sie noch einen Bissen und seufzte glücklich. »Was halten Sie von dem Seewolf? Ich mag es gern scharf, und Sie?«

Musste sie ihn die ganze Zeit unbewusst provozieren? Herrgott, er konnte geradezu spüren, wie der Malachit in seinem Körper sich auflöste. »Genau wie meine Mutter ihn immer gemacht hat«, sagte er.

»Wirklich?«

»Nein.« Er sah auf. Und konnte nicht anders, als ihr Lächeln zu erwidern. Verdammt. »Sie war keine besonders gute Köchin. Und Ihre?«

Das Lächeln verblasste plötzlich. »Sie war eine.« Sie stocherte in ihrem Reis herum.

Scheiße. »Tut mir leid.«

Sie schüttelte den Kopf. »Schon gut. Jetzt gibt es nur noch mich und meine Großeltern.«

»Sie leben bei Ihren Großeltern?«

Sie nickte.

Waren sie das vorhin am Telefon gewesen? Und warum erfüllte ihn dieser Gedanke, diese Hoffnung mit viel zu großer Erleichterung?

»Leben Sie bei Ihrer Familie?«, fragte sie.

»Nein. Schon seit vielen, vielen Jahren nicht mehr.« Er aß noch einen Bissen Fisch. »Sie sind Versorger. Wichtige Leute. Sehr talentiert. Sehr von ihrer Arbeit eingenommen.«

Sie nickte verständnisvoll. »Also keine gemeinsamen Abendessen mit der Familie.«

»Nicht mehr, seit ich fünf war.«

Einen Augenblick lang betrachtete sie ihn. »Das belastet Sie, oder?«

Er zuckte die Schultern. »Ach, welches Kind will nicht seine ganze Familie um den Tisch versammelt haben und sich anblaffen lassen, es solle gerade sitzen, keine unappetitlichen Geräusche machen und seine Erbsen aufessen?«

Sie lachte. Oh verdammt, es klang wie Kirchenglocken. »Die meisten Kinder wollen nicht so gegängelt werden, Mr. Baptiste.«

»Aber sicher.« Er legte die Gabel ab und sah ihr fest in die Augen. »Sie maulen vielleicht darüber, aber sie wollen es. Sie brauchen die Struktur, die Grenzen und jemanden, der die Kontrolle übernimmt, damit sie es nicht selbst tun müssen. Diese ganze Strenge und Kleinlichkeit – das heißt nur, dass jemand das Kind liebt, dass es ihm nicht egal ist.«

Ihr Mund klappte auf, doch sie sagte nichts. Sie starrte ihn nur an, und ihr Blick bohrte sich in seinen Kopf.

»Was?«, fragte er.

»Sie.«

Vor Anspannung zog sich seine Brust zusammen. Und vielleicht auch das Ding, das darin so schnell schlug. »Was ist mit mir?«

»Ich habe gerade gelernt«, sie zuckte mit den Schultern, und ein schwaches Leuchten trat in ihre Augen, »nie wieder jemanden nach seinem Äußeren zu beurteilen.«

Er nickte. »Gleichfalls, Miss Burel.« Er prostete ihr mit seiner Bierflasche zu, woraufhin sie ihre ebenfalls erhob und mit einem herzhaften Klirren mit ihm anstieß.

»Und wer weiß«, sagte sie, nachdem sie schnell einen Schluck getrunken hatte. »Vielleicht haben Sie ja eines Tages eins.«

Seine Brauen zogen sich zusammen. »Ein was?«

»Ein Junges, das Sie am Abendessenstisch herumkommandieren können.«

Alles in seinem Bauch verspannte sich. »Die Chancen stehen schlecht, meinen Sie nicht? Fünfzig Jahre ohne Nachwuchs und kein Ende in Sicht.«

»Bei Raphael und Ashe hat es geklappt.«

»Sie ist ein Mensch.«

»Dann suchen Sie sich doch auch eine Menschenfrau.«

Diesmal war es nicht nur sein Bauch, der sich verspannte, sondern jeder einzelne verdammte Teil seines Körpers. Selbst seine Finger krampften sich um seine Gabel. »Ich will keine Menschenfrau.«

»Woher wollen Sie das wissen?«

»Ich weiß es.«

»Vielleicht haben Sie nur noch nicht die richtige …«

»Was haben Sie vor, Miss Burel?«, fragte er und legte die Gabel auf seinen Teller.

Mit einem unbehaglichen Ausdruck in den Augen schüttelte sie den Kopf, betroffen von seiner schroffen Reaktion. »Was meinen Sie? Ich rede doch nur …«

»Sie wollen, dass ich losgehe und mir eine Menschenfrau suche? Wollen Sie das wirklich?«

Sie fing an, auf ihrer Unterlippe zu kauen. »Ich verstehe nicht, was Sie …«

»Oh doch, Sie verstehen.« Er beugte sich vor, das Essen jetzt völlig vergessen. »Naiv zu tun ist fast genauso schlimm wie vorzugeben, man wäre verführt worden.« Sein Blick konzentrierte sich auf ihr hinreißendes Gesicht, und seine Stimme senkte sich zu einem fast verschwörerischen Flüstern. »Sagen Sie mir, Miss Burel, können Sie mir einfach weiterhin gegenübersitzen und so tun, als wäre da nichts zwischen uns? Können Sie weiter essen und trinken und über unsere Familien und unsere Vergangenheit sprechen, während wir eigentlich nur die wirklich wichtigen Fragen beantworten wollen?«

Sie sah erschrocken aus, ihre Wangen waren gerötet.

»Wie schmeckt sie?«, fuhr er fort. »Wie würden sich

seine Hände auf meiner Haut anfühlen? Mag sie es langsam und tief oder wild und unbeherrscht?«

»Oh mein Gott«, sagte sie heiser.

»Ich glaube nicht, dass ich so tun kann, Miss Burel.« Er stand auf. »Darin war ich noch nie gut.«

»Bitte, setzen Sie sich und essen Sie.«

»Nein.«

»Es wird kalt.«

»Ich habe keinen Hunger«, knurrte er.

Für einen kurzen Moment schloss sie die Augen und flüsterte: »Ich auch nicht.«

»Was zum Teufel tun wir dann hier?« Unter einem wutentbrannten, lustvollen Brüllen fegte Jean-Baptiste das Essen vom Tisch, sodass es krachend auf dem Boden landete. Er hörte Genevieve nach Luft schnappen, aber er wollte nur noch bei ihr sein. Er sprang auf den Tisch und auf ihrer Seite wieder herunter. Der Puma in seiner Brust lief rastlos auf und ab, und noch bevor sie richtig begreifen konnte, was vor sich ging, hielt er sie in seinen Armen.

»Was tun wir denn?«, brachte sie panisch hervor.

»Genau das, was wir beide wollen.«

»Ich kann nicht …«

»Sie tun es schon«, gab er zurück, hob sie hoch und setzte sie auf den Tisch.

»Ich sollte ins Bett gehen«, wimmerte sie. »Und wir sollten vergessen, dass das hier jemals passiert ist.«

»Was Sie tun sollten, ist, die Augen offen zu halten und sich auf etwas gefasst zu machen. Nachdem ich mich eine ganze Weile mit Ihrem Mund befasst haben werde, bahne ich mir einen Weg nach unten, zu all den netten kleinen Dingen, die Sie auf so verführerische und ärgerliche Weise bedeckt halten.«

Ihre Augen weiteten sich, doch sie flüsterte das einzige Wort, das in diesem Moment für ihn von Bedeutung war. »Okay.«

»Haben Sie keine Angst, Miss Burel. Es wird überhaupt nicht wehtun.« Er fuhr mit den Zähnen über seine Unterlippe und zupfte an den Silberringen. »Es sei denn, Sie wollen es.«

5

Hitze, Spannung und freudige Erwartung durchfuhren Genevieve, als Jean-Baptiste sie ganz an den Rand des Tisches zog und ihre Beine mit seinem mächtigen Oberschenkel auseinanderschob. Auf diesem Tisch hatte ihr Abendessen gestanden, dachte sie unsinnigerweise – das Abendessen, das jetzt irgendwo auf dem Boden verteilt war. Vielleicht auch an den Wänden.

Aber kümmerte sie das?

Nein. Kein Stück.

Er drängte sich zwischen ihre Beine, groß und imposant. Seine Hände gruben sich in ihre Haare, und sein Blick wanderte mit einem so raubtierhaften Hunger über sie, dass sie eine Gänsehaut bekam. Dieser Mann war eindeutig gewohnt, sich zu nehmen, was er wollte – ohne Fragen, ohne Aufforderungen – und Genevieve stellte verblüfft fest, wie ungemein sexy und unwiderstehlich sie das fand.

Seine Nasenflügel blähten sich, als er ihren Duft einatmete und die Finger in ihrem Haar vergrub. Er sah aus, als würde er jeden Augenblick zum Angriff übergehen, und für einen kurzen Moment glaubte Genevieve zu sehen, wie der Puma aus seiner Haut drang. Sie glaubte zu sehen, wie seine Reißzähne hervortraten und seine Augen golden aufloderten.

Doch dann spürte sie seinen Mund auf ihrem, spürte, wie er sich an sie drängte, und vergaß alles um sich herum.

Er küsste sie gierig, als wäre er am Verhungern. Er stieß die Zunge in ihren Mund, wollte, dass sie seufzte, stöhnte und seinen Namen schrie, und er bekam alles von ihr. Es war der vollkommenste, lustvollste, atemberaubendste Kuss, den sie je erlebt hatte, und sie wollte mehr. So viel mehr. Ihr ganzer Körper fiel in einen heißen Rausch, sie schlang die Arme um seinen Hals und hielt sich an ihm fest, während er ihren Mund mit Küssen eroberte, die sie an Meereswellen denken ließen: feucht und anschmiegsam und berauschend. Sie spürte, wie sich das glatte Metall seines Lippenpiercings in ihre Haut drückte, und das machte sie wahnsinnig vor Verlangen. Sie ließ den Kopf in den Nacken fallen und bekam dadurch den Mund so weit frei, dass sie mit der Zunge über das kühle Silber streichen konnte.

Ein erregtes Knurren drang aus Jean-Baptistes Kehle. Er versuchte, sie zu beißen und über ihre Zunge zu lecken, doch sie ließ es nicht zu. Mit einem sündhaften Lächeln schob sie die Finger in seine dunklen Haare und hielt seinen Kopf fest. O Gott, sie war total von Sinnen. Völlig irrational. Ihr war alles egal, bis auf das, was sie gerade taten. Bis auf ihn und sie. War das wahre Lust? Das verzweifelte Verlangen nach dem anderen. Ihn zu wollen, ihn so sehr zu brauchen, wie man Luft oder Licht brauchte? Denn noch nie in ihrem Leben hatte Genevieve etwas mehr gewollt.

Er sah ihr in die Augen, doch ihr Blick konzentrierte sich auf die silbernen Ringe. So oft hatte sie daran gedacht, seit sie ihn zum ersten Mal gesehen hatte. Jetzt würde sie es erfahren.

Langsam und behutsam tastete sie sich mit der Zunge in den ersten Ring. Dann eine Haaresbreite in den zweiten. Sie hörte ihn leise fluchen, spürte, wie er die Hände aus ihren Haaren nahm und sie an den Hüften packte. Er riss sie an sich, und sie spürte das Pulsieren seiner Erektion. Ihr Atem ging stoßweise, und ihr Kopf war vollkommen leer – bis auf eine Sache, den einen Impuls, den sie nicht abschütteln konnte.

Sie schlang die Zunge um die silbernen Ringe und zog sacht daran.

Es war, als hätte sie ein wildes Tier losgelassen. Mit dieser einen, einfachen Bewegung verwandelte sich Jean-Baptistes Gesichtsausdruck von sinnlichem Hunger zu einer Maske wilder, tierischer Besitzgier. Er starrte sie an. Fauchte. Schweiß brach auf seiner Stirn aus, und seine Augen loderten in der Farbe von gebranntem Gold. Er sah aus, als würde er sie jeden Moment anfallen.

Vielleicht hätte sie verängstigt sein sollen. Oder zumindest vorsichtig. Doch als sie die Zunge aus den Ringen zog, grinste sie.

»Hinlegen«, knurrte er sie an. »Sofort.«

Ihr Herz hämmerte im Rhythmus äußerster Ekstase und Lust gegen ihre Rippen, als sie sich von ihm führen ließ; mit einem Arm stützte er ihre Schulterblätter, mit dem anderen schob er ihre Hüfte, bis sie ganz auf dem Esstisch aus schwarzem Marmor lag. Das Zimmer wurde von weichem elektrischem Licht erhellt, und die hellgoldenen Wände mit den schwarzen Ornamenten schufen eine intime, opulente Atmosphäre.

»Knie anziehen, Miss Burel«, befahl er, seine Stimme war ein heiseres, lustvolles Fauchen.

Jeder Zentimeter von Genevieves Körper zitterte. Aus Angst vor dem herrlich Unbekannten, aus unerträglicher Vorfreude und überwältigendem Begehren. Seine Hände fanden den Saum ihres Rocks und schoben ihn – nicht allzu langsam und nicht allzu sanft – bis zu ihrer Taille hoch. Flüssige Hitze sammelte sich zwischen Genevieves Beinen und rann an ihrem Schenkel herab. Sie wusste, dass er es sehen konnte, doch es war ihr egal. Sie empfand keinerlei Scham. Nur den Drang, sich zu bewegen und ihm zu zeigen, wie sehr sie es – wie sehr sie *ihn* wollte.

Gold blitzte in seinen Augen auf, als er den Gummisaum ihrer Unterwäsche fand und die Finger darum schloss. Genevieve biss sich auf die Lippe und stöhnte. *Tu es,* drängte sie ihn, bog den Rücken durch und hob die Hüften an. *Tu es jetzt, bevor ich den Verstand verliere.* Doch anstatt ihr die feuchte, hellblaue Seide herunterzuziehen, packte er sie mit den Zähnen und zerriss sie einfach.

»Das war es, worauf ich solchen Appetit hatte, Miss Burel.«

Er drückte ihre Beine noch weiter auseinander und schob sich näher an sie heran.

»So wunderschön«, flüsterte er. »So feucht. Ich

kann sehen, wie dein Kitzler pulsiert. Er ruft nach mir, fleht mich an, ihn in den Mund zu nehmen und daran zu saugen.«

Die Muskeln in Genevieves Scham zogen sich zusammen, und unter dem weichen Stoff ihres BHs versteiften sich ihre Brustwarzen.

Jean-Baptiste senkte den Kopf und bedeckte ihre Hüften mit einer Reihe von Küssen; langsame, heiße Küsse, bei denen die Silberringe leicht über ihre Haut kratzten. Genevieve hielt ganz still, ihr Atem ging in flachen kleinen Stößen, zwischen denen sie immer wieder schlucken musste. Noch nie war sie an dieser Stelle geküsst worden, obwohl sie es sich schon unzählige Male vorgestellt hatte: den Kopf eines Mannes zwischen ihren Beinen zu spüren, dessen Finger sich beinahe schmerzhaft in ihre Schenkel gruben, während seine Zunge durch ihre feuchten Hautfalten fuhr.

»So dunkelrosa und so geschwollen«, flüsterte Jean-Baptiste, als er mit den Fingern ihre Schamlippen auseinanderschob und mit einem über die empfindliche Knospe ihres Kitzlers strich.

»Oh, Gott«, stöhnte sie und versuchte sich aufzusetzen, um zu sehen, was er tat, um ihn zu beobachten. Aber ihr Kopf war einfach zu benebelt und zu schwer.

Sein Atem … war so nah … so nah und warm auf ihr, während sein Finger sanft ihre Klitoris umkreiste.

»Bitte«, stöhnte sie, flehte sie und hob die Hüften an, wollte mehr, wollte alles.

»Gleich, Miss Burel«, flüsterte er. Sein Mund war ihr so nah, dass sie das kühle Metall seines Lippenpiercings an ihrer Scham spüren konnte. »Ich will erst sehen, wie eng du bist, bevor ich dich lecke.«

Und mit diesen Worten stieß er seine Zunge so tief in sie, dass Genevieve aufschrie. Ihre Hände verkrampften sich, ihre Nägel kratzten über den Marmor unter ihrem Rücken. Sie konnte nicht aufhören, konnte sich nicht bremsen. Keuchend wand sie sich, es war ein so erschreckend vollkommenes Gefühl, dass sie glaubte, wahnsinnig werden zu müssen, wenn sie das – ihn – nicht für den Rest ihres Lebens rund um die Uhr haben konnte.

Vorsichtig zog er seine Zunge heraus, hob den Kopf und sah ihr in die Augen. »Sie, Miss Burel, sind das Süßeste und Verführerischste, das meine Zunge je gekostet hat.«

Sie starrte ihn keuchend an, ihr ganzer Körper stand in Flammen, und ihre Hüften hoben sich in stummem Flehen. »Bitte, hör nicht auf«, wimmerte sie.

Er schmunzelte verrucht, seine Augen leuchteten so golden, dass es aussah, als würde ein Feuer darin brennen. »Oh, Miss Burel. Ich fange gerade erst an. Dieses Festmahl möchte ich auskosten.«

Dann senkte er den Kopf, und seine Zunge fuhr in einer langsamen, aufreizenden Bewegung bis zu ihrem Kitzler. Mit einem leisen Aufschrei schloss Genevieve die Augen und ließ ihre ganze Vergangenheit und ihre Zukunft los, um sich einzig diesem einen, unglaublich perfekten, lustvollen Augenblick hinzugeben.

Ihre Schenkel zitterten unkontrolliert, als er sie leckte und kleine Kreise um ihre pralle, heiße Knospe zog. Lustvolles Stöhnen drang tief aus ihrer Kehle. Und als er die Lippen um ihren Kitzler schloss, als er anfing, daran zu saugen und den Kopf dabei in atemberaubendem Rhythmus hob und senkte, da war es um sie geschehen.

»Jean-Baptiste!«, rief sie, warf den Kopf von einer Seite zur anderen auf den kühlen, harten Marmor. »Ja! Oh, bitte, ja!«

Ein furchterregendes Knurren drang aus seiner Kehle, und er zwang ihre Beine noch weiter auseinander, vergrub sich noch tiefer in ihr und fing an, die Zunge immer und immer wieder über ihren Kitzler schnellen zu lassen. Immer wieder, vor und zurück, so schnell, dass sie Tränen in ihren Augen aufsteigen spürte. Sie biss sich auf die Lippe, um sie zurückzuhalten, ihr Kopf hämmerte, und ihr Herz schlug so heftig gegen ihre Rippen, dass sie sicher war, blaue Flecken davon zu bekommen.

Alles in ihr, aller Schmerz und alle Hoffnung, alle Geheimnisse, zerbarsten wie ein emotionaler und physischer Damm, und sie bestand nur noch aus nackter Lust und kompromisslosem Verlangen. Und während er sie mit seiner Zunge verwöhnte und sein Knurren und Stöhnen lauter wurde, kam sie. Es war so überwältigend, dass sie keine Luft mehr bekam und ihre Scham gegen seinen Mund und sein raues Kinn presste. Sie wand sich, wurde von Krämpfen geschüttelt, ließ die Hüften kreisen und spannte die Muskeln an, während die Wogen ihres Höhepunkts über sie hinwegrollten.

Noch bevor sie genug hatte, bevor die Luft, die sie angehalten hatte, aus ihrer Lunge entweichen konnte, hob Jean-Baptiste ihren kraftlosen Körper hoch und stand auf. »Ich bringe Sie ins Bett, Miss Burel.«

»Einen Moment«, sagte sie atemlos an ihn geklammert.

»Was ist?« Sein Ton war grob und ungeduldig und grimmig. »Ich glaube nicht, dass ich es fertigbringe, jetzt noch zu diskutieren oder zu flirten. Wenn ich Sie nicht genau jetzt vögeln kann, wird der Puma in mir mich von innen zerfleischen, und den Rest werde ich übernehmen.«

»Ich bin nicht Miss Burel«, flüsterte sie.

»Was?«

»Nicht jetzt.« Sie öffnete ihre schläfrigen Augen und fing seinen lodernden Bernsteinblick auf. »Nicht heute Nacht. Nicht, wenn du in mir bist. Verstehst du?«

Seine Nasenflügel blähten sich, er nickte. »Genevieve«, fauchte er hungrig auf dem Weg in sein Schlafzimmer. »Wunderschöne, aufreizende Genny.«

Auf dem Weg durch den Flur versuchte Jean-Baptiste so viele Kleidungsstücke wie möglich loszuwerden. Seine. Ihre. Es war ihm egal. Er wollte nur so schnell wie möglich ihre Haut auf seiner spüren. Noch nie hatte er ein so fieberhaftes, verzweifeltes Bedürfnis gespürt, sich mit einer Frau zu vereinigen, sie zu spüren und zu erkunden.

Und es machte ihm eine Scheißangst.

Im Schlafzimmer brannte kein Licht, aber der Mond schien strahlend weiß durch die offenen Balkontüren. Es war hell genug, dass er ihr schönes Gesicht und ihre sehnsüchtigen Augen sehen konnte. Und als seine Beine die Bettkante berührten, als er die Decke zu Boden warf und Genevieve auf den Rücken legte, sah er ihren wundervollen Körper und ihre goldene Haut vor den reinweißen Bettlaken.

Knurrend bettete er sie auf die Matratze. Er war mit dem Ausziehen ziemlich weit gekommen. Den Haarknoten gab es nicht mehr, und die Bluse war fort. Bestimmt führte eine Spur aus Perlmuttknöpfen ins Schlafzimmer wie schimmernde Brotkrumen. Jetzt trug sie nur noch ihren BH und den Rock, den er ihr auf dem Marmortisch bis zu den Hüften hochgeschoben hatte – und der vom Saum bis zur Taille fast komplett zerrissen war.

Scheiße. Er würde ihr einen neuen kaufen.

Er würde ihr zwanzig neue kaufen.

Den Blick auf ihre Kurven, ihre Lippen und ihre großen, begierigen Augen gerichtet, riss er sich Jeans und T-Shirt vom Leib. Als er ihre Hände hinter ihrem Rücken verschwinden sah, wo sie sich am Verschluss des hellrosa BHs zu schaffen machten, beugte er sich über sie und knurrte.

»Das ist meine Aufgabe, Genevieve.«

Sie hielt die Hände still und sah ihm in die Augen. »Das gefällt mir. Wie du meinen Namen sagst.«

Etwas Heißes, Flüssiges bewegte sich in ihm, etwas, das nichts mit Sex zu tun hatte. Er senkte den

Kopf, fuhr mit einem Eckzahn unter ihren BH und zog daran. Es gab einen kurzen Knall, und Genevieve rang nach Luft. Die seidigen rosa Körbchen flogen zu beiden Seiten und enthüllten das spektakulärste Paar Brüste, das er je gesehen hatte.

Ihm lief das Wasser im Mund zusammen.

»Und das gefällt mir auch«, sagte sie atemlos, während ihr Blick gierig über ihn glitt, über sein Gesicht, seinen Hals, seine Brust. »Und das hier.« Mit diesen Worten legte sie die Hände auf seine Unterarme und strich daran hinauf, über die Pumas, bevor sie die Linien von Wasser und Gras nachzeichnete. »Hat das wehgetan?«

Mit straff gespanntem Kiefer schüttelte er den Kopf. Er hing über ihr in der Luft, seine Muskeln spannten, seine Haut vibrierte, und sein Schwanz war so hart, dass er damit in Granit hätte bohren können. Noch nie hatte er etwas so sehr gewollt, wie in diese Frau einzudringen, so tief, dass er sich selbst in ihr verlor. So nass, dass er darin ertrank. So fest umfangen, dass sich alle Gedanken und alle Ängste auflösten.

»Vielleicht lasse ich mich auch tätowieren«, flüsterte sie.

Verdammt. »Wo?«, fragte er, als er mit seinem Schenkel ihre Beine spreizte.

Ihr Blick wanderte von seinem Hals zu seinen Augen. »Ich weiß nicht. Irgendwelche Vorschläge? Auf dem Rücken? An der Hüfte? Am Knöchel? An der Innenseite meines Oberschenkels?«

»Oh, Genny«, keuchte er, senkte den Kopf und liebkoste die Unterseite ihrer Brust. »Du hast so wunderschöne Haut. Sie ist perfekt.«

Als er an ihrer dunkelrosa Brustwarze leckte, rang sie nach Luft und wand sich unter ihm.

»Ich finde, du solltest nur ein Zeichen auf deinem Körper tragen, und zwar meins.«

Mit einem Ruck hob sie den Blick und sah ihm in die Augen. »Was?«

Er grinste. »Du hast mich verstanden. Und du weißt auch, was ich damit meine.«

Wieder senkte er den Kopf, doch diesmal nahm er ihre Brustwarze in den Mund und saugte kräftig daran. Ein raues, hungriges Stöhnen drang aus ihrer Kehle, ihr Rücken wölbte sich vom Bett. Gott, sie schmeckte so süß. Das hier würde er niemals vergessen. *Sie* würde er niemals vergessen. Sein Puma war ganz bei ihm und wollte dasselbe wie er. Wild fauchend drohte er, an die Oberfläche zu kommen, wenn er nicht bekam, was er wollte.

Für einen kurzen Moment spürte Jean-Baptiste das Tier dicht unter seiner Haut, spürte den Beginn einer Verwandlung, doch dann fasste Genevieve ihn an – sie schob die Hand zwischen ihn und sich und schloss die Finger um seinen Schaft – und der Puma zog sich knurrend in seinen Käfig zurück.

Während sie ihn langsam und besitzergreifend streichelte, wandte sich Jean-Baptiste ihrer anderen vollen Brust zu und saugte daran. Tief sog er ihre straffe Brustwarze in seinen Mund, bis sie aufschrie, seine Eichel drückte, und sie beide vor Lust erzitterten.

Er wusste, dass seine Worte verflucht impulsiv gewesen waren. Dieses Angebot, die Forderung, ihr sein Zeichen aufzuprägen. Aber gleichzeitig war es wahr und echt gewesen und tief aus seinem Herzen gekommen. Wie zum Geier hatte er die eine Frau auf der Welt gefunden, die wie für ihn geschaffen war? Es war ein verdammtes Wunder – und dieses Wunder würde er nicht verschmähen. Vielleicht war er nicht der beste Mann für sie. Nicht jetzt. *Noch nicht.* Aber er wollte es sein. Er würde einen Weg finden, es zu werden.

Während er ihre Brustwarze mit seiner Zunge umkreiste, sie auf und ab und hin und her schnellen ließ, stöhnte sie und rang nach Luft und wand sich unter ihm. Ihr Daumen spielte mit seiner Eichel, während er seine Hand über ihre Rippen, ihren flachen Bauch und ihre Hüftknochen bis in die weiche Mulde ihres Geschlechts wandern ließ. Fast wäre er augenblicklich gekommen, als er das Feuer, die flüssige Lava zwischen ihren Beinen spürte.

»Oh, Genny«, flüsterte er an ihrer Brust. »Du bist so feucht, *ma chérie*. Deine Schenkel, deine heiße Möse und mein Laken sind ganz nass.« Er strich mit den Zähnen über ihre Brustwarze. »Genau wie ich es mag.«

»Jean-Baptiste, bitte«, sagte sie atemlos und rieb sich an seinem Handgelenk. Sie wollte seine Hand spüren, wollte ausgefüllt werden. Und als er zwei Finger in ihre feuchte, enge Öffnung schob, schrie sie abermals seinen Namen.

Hitze umfing seine Finger. Stöhnend hob er den Kopf. Ihre Augen waren glasig und groß und unverwandt auf sein Gesicht gerichtet. Sie hatte den Mund geöffnet und keuchte.

Oh, Scheiße, so würde er nicht lange durchhalten. Ein Stoß, und er würde explodieren.

Er eroberte ihren Mund mit gierigen, besitzergreifenden, schmerzhaften Küssen, knurrte an ihren Lippen und stieß rhythmisch seine Finger in sie.

»Bitte, Jean-Baptiste«, raunte sie und knabberte an seiner Unterlippe, als sie die Beine um seine Taille schlang. »Bitte, komm in mich. Ich muss dich spüren. Ich …«

Ich brauche dich.

Die Erkenntnis, diese absolute Wahrheit, die in diesem Gedanken lag, durchfuhr ihn wie ein Donnerschlag, und er zog die Finger aus ihr, packte seinen harten Schwanz und stieß ihn gegen die prallen rosa Schamlippen, die den Eingang ihrer feuchten Möse bewachten. Er sah nach unten, sah, wie ihr Fleisch seine Eichel umfing, ihn einlud und ihn mit dem Saft ihrer Vorfreude bedeckte.

Und dann hob sie die Hüften an und nahm ihn zwei, drei Zentimeter tief in sich auf.

Jean-Baptiste spürte, wie sein Denken erlosch und sein Körper die Kontrolle übernahm.

Du gehörst mir.

Mir.

Er schob die Hände unter ihre Hüften, packte ihren Po und hob sie an, ließ sich Zentimeter für Zentimeter in ihren Körper aufnehmen, bis er sich ganz in ihr versenkt hatte. Ihre Augen fielen zu, ihr Gesicht verspannte sich, und aus ihrer Kehle drang ein Stöhnen nach dem anderen, als Baptiste sie vor und zurückschob und mit ihrer Möse seinen Schwanz vögelte. Es war das vollkommenste Gefühl auf der Welt, und in diesem Moment wusste er, wenn irgendjemand versuchte, sich zwischen sie zu drängen, wenn jemand diese Frau auch nur mit lustvollem Blick ansah, würde er zum tödlichen Angriff übergehen.

Er legte sie auf der Matratze ab und ließ ihre Hüfte los, nur um ihre Schenkel noch weiter zu spreizen. Er stützte die Hände auf die Innenseiten ihrer Oberschenkel und fing an zuzustoßen.

Sie schrie auf.

»Du melkst mich, Genny«, sagte er mit zusammengebissenen Zähnen. »Es ist wie ein kochend heißer Ozean, der durch meinen Schwanz strömt, *ma chérie*. Ich weiß nicht, wie lange ich durchhalte.«

Sie warf den Kopf auf der Matratze von einer Seite zur anderen. Jean-Baptiste zog sich ein Stück aus ihr heraus, damit er sie beide in ihrer Vereinigung sehen konnte. Ihre tiefrosa Lippen umfingen seinen Schwanz und tränkten ihn mit ihrem süßen Saft. Herrgott, wenn er sie gleichzeitig hätte lecken und vögeln können, er hätte es getan.

Er senkte den Kopf und schloss den Mund um ihre herrliche Brust. Während er in sie stieß, saugte er an ihrer Brustwarze und ließ die Zunge darüber schnellen. Die honigsüßen Wände ihrer Möse zogen sich in rhythmischen Krämpfen zusammen, und er spürte Stromschläge und Hitzewellen.

»Jean-Baptiste!«, schrie sie auf, als sie sich unter ihm versteifte.

Tief trieb er seinen Schwanz in ihren Unterleib und saugte ihre Brustwarze weit in seinen Mund, als sie zum Höhepunkt kam. Bei jedem Stoß knurrte er wild. Mit jeder Bewegung seiner Hüften forderte er ein, was ihm gehörte, seit sie auf diese Veranda getreten war und ihn so skeptisch beäugt hatte, die verfluchte Bluse bis unters Kinn zugeknöpft.

Jetzt war sie nicht zugeknöpft, dachte er, als er sie so tief vögelte, dass sie abermals aufschrie. Sie war nackt. Auf ihrer Haut glitzerte Schweiß, die Bauchmuskeln spannten sich, die vollen Brüste wippten mit jedem Stoß, Hals und Kiefer waren angespannt, und sie atmete schwer und lustvoll mit geöffneten Lippen.

Sie gehörte ihm.

Und dann, als sich ihre feuchte Hitze zum dritten Mal an diesem Abend rhythmisch zusammenzog, als sie die Hände hob, über seine Brustwarze strich und an dem Piercing darin zog, da explodierte er.

Mit absoluter Hingabe stieß er in sie, sein Körper zitterte, und er kam so hart und intensiv, dass er spürte, wie etwas Unmögliches in ihm die Kontrolle übernahm. Doch nein – es übernahm nicht die Kontrolle. Es zog sich zurück.

Der Puma.

Ein letztes Mal stieß er zu und blieb dort, begraben in ihrem Unterleib, in ihrer Wärme. Dann wälzte er sie beide auf die Seite, schlang schwer atmend die Arme um sie und zog sie an sich. Das Herz hämmerte gegen seine Rippen, sein Denken versagte. Er fand ihren Blick, und ihre Augen waren das Blauste, was er je gesehen hatte. Weich und befriedigt sahen sie aus und … sollte er es wagen, sie als glücklich zu bezeichnen?

In ihm jedoch vollzog sich ein Wunder. Der unkontrollierbare, kaum zu bezähmende Puma, den er seit so langer Zeit zu verbergen versuchte – er schnurrte. *Verdammt.* Das Tier schien sogar fast zu schlafen. Seine Tattoos, die Piercings und der Malachit hatten nicht annähernd das Gleiche bewirkt wie das hier. Wie sie.

Genevieve.

Seine wunderschöne, süße und unerträglich sinnliche Genny.

Sie hatte die Kontrolle über seinen Puma.

Genevieve strich über seinen Arm, über die prallen Muskeln und die knurrenden Pumas bis hinauf zu seiner Schulter und seinem Hals.

Oh, Gott, was hatte sie getan?

Was für einem herrlichen, erstaunlichen, unfassbaren Akt hatte sie sich da hingegeben? Darum gefleht hatte sie und wollte es sogar jetzt wieder tun.

Jean-Baptiste hatte recht. Verführung war eine Lüge, eine Ausrede – um nicht sagen zu müssen, was man wollte, weil man sich damit verletzbar machte.

Sie atmete aus, und ihre Blicke trafen sich im Schleier des Mondlichts, das durchs Fenster hereinströmte. Da lag sie nun, an diesen eindrucksvollen Mann geschmiegt, der sie schützend in den Armen hielt, sie mit leidenschaftlich besitzergreifendem Blick ansah und dessen Glied immer noch steif und hart in ihr pulsierte. Nie wieder wollte sie sich bewegen. Plötzlich wurde ihr eng ums Herz. Wie sollte sie das hier je vergessen, wie sollte sie *ihn* vergessen? Wie sollte sie ihren Auftrag, ihre Mission fortsetzen, wenn morgen die Sonne aufging? Sie musste dafür sorgen, dass Isi blieb, wo sie war, und dann in die Wildlands zurückkehren, in ein Leben, in dem es niemals einen Platz für ihn geben würde. Für sie beide. Für das hier …

Sorgenvoll zogen sich seine Augenbrauen zusammen. »Genny?«

Sie unterbrach den Blickkontakt und kuschelte sich enger an seine Brust. »Geh nicht weg«, flüsterte sie an seiner Haut. »Ich möchte noch eine kleine Weile so bleiben.«

Leise schmunzelnd strich Jean-Baptiste ihr über den Rücken und umfasste ihren Po. »Eine kleine Weile? Oh, *ma chérie*. Wir haben die ganze Nacht.«

Nein, Jean-Baptiste, dachte sie traurig, während ihr die Augen zufielen und ihr Atem sich beruhigte. *Wir haben nur diese Nacht.*

6

Das warme Bett und den süßen, weichen Körper dieser Frau zu verlassen fiel Jean-Baptiste schwerer als alles andere, was er je hatte tun müssen. Aber es würde sich auszahlen, und zwar in einer großen Überraschung, die sie hoffentlich freuen und die ihr beweisen würde, dass ihr erster Eindruck – dass er nichts als Ärger bedeutete – falsch gewesen war.

Selbst um zwei Uhr früh war das French Quarter brechend voll und im Partymodus, soweit das Auge reichte – überall drängten sich die Feiernden. Überall, außer in Isis Laden. Jean-Baptiste stellte den Jaguar in einer freien Parklücke vor dem Haus ab und schaltete den Motor aus. Es war dunkel und still. Das passte nicht zu ihr. Von Mitternacht bis fünf Uhr morgens war ihre Hauptarbeitszeit. Entweder wollte sie bestimmten Kunden aus dem Weg gehen oder ganz konkret ihm.

Sie musste gewusst haben, dass er wiederkommen würde. Dass er ihre Weigerung, in die Wildlands zu kommen, nicht akzeptieren würde. Sicher hatte sie gewusst, dass er es noch einmal probieren würde. Und sicher war sie vorbereitet.

Jean-Baptiste ging an der Vordertür vorbei zur Rückseite des Hauses. Er suchte das Fenster, das direkt zum Zimmer mit dem Körperschmuck führte. Das Zimmer, in dem sie sich vorhin unterhalten hatten. Das, in dem er sich am besten auskannte.

Schwungvoll kletterte er auf einen Baum, der neben dem Haus stand, kroch lautlos bis ans Ende eines dicken Asts und griff nach der Fensterverriegelung. Doch bevor seine Hand die weiße, abgeblätterte Farbe auch nur berühren konnte, drang ein stechender Geruch in seine Nase. Was immer es auch war, es war furchtbar beißend und machte sein Denken langsam und verschwommen.

»War dieser Gruß für mich gedacht?«, murmelte er irritiert. »Oder für jemand anderen?«

Für jeden, der mir schaden will.

Die Worte donnerten durch seinen Kopf, eine Klangexplosion ganz in seiner Nähe. Zischend fuhr Jean-Baptiste herum und griff nach dem roten Pulver, das er in seiner Tasche hatte. Sie war irgendwo über ihm, hoch oben in diesem Baum; er konnte sie zwar nicht sehen, aber riechen. Wenn das ein paar Tage früher passiert wäre – verdammt, selbst noch vor ein paar Stunden, bevor Genevieve seinen wildgewordenen Puma gestreichelt und beruhigt hatte – hätte Isis Zauber ihn völlig erledigt. Er hätte seinen Puma so verrückt gemacht, dass Jean-Baptiste wie gelähmt gewesen wäre. Die Hände an den Kopf gepresst, wäre er aus dem Baum gefallen und hätte darum gefleht, dass die Schmerzen aufhören.

Aber die Zeiten hatten sich geändert.

»Du weißt, dass ich dir nichts tun will«, sagte er

in die Dunkelheit hinein, während er mit einer Hand das Pulver packte und sich mit der anderen auf den nächsten dicken Ast schwang. »Aber unsere Spezies ist in großen Schwierigkeiten. Unsere Grenzen sind in Gefahr, und unsere Magie stirbt schneller, als uns bewusst war. Es hat einen Angriff innerhalb der Wildlands gegeben, und das erste Pantera-Junge seit über fünfzig Jahren ist in Lebensgefahr.«

»Was ist mit dir los?« Isis Stimme klang seltsam weit entfernt, während ihr Geruch unbewegt geblieben war. »Du kommst mir ... anders vor. Kräftiger.«

»Der Puma ist gebändigt, Isi.«

Er hörte sie nach Luft schnappen. »Was?« Dann ein Fluch. »Ich würde dir ja gern helfen, okay?« Jetzt klang ihre Stimme angsterfüllt und war überall um ihn herum zu hören. »Aber ich kann einfach nicht.«

Jean-Baptiste atmete tief durch, um sich zu beruhigen. »Ich fürchte, du musst.«

Seine Instinkte waren so scharf wie schon seit Jahren nicht mehr, und er hatte schon immer eine erstklassige Nase gehabt. In weniger als drei Sekunden war er auf den obersten Ast gesprungen. Er sah ihr in die Augen, sah ihren entsetzten Gesichtsausdruck, bevor er die Hand öffnete und ihr das rote Pulver ins Gesicht blies.

»Fahr zur Hölle, Baptiste«, brachte sie hervor, bevor sich ihre Augen nach hinten verdrehten und ihr Körper ins Schwanken geriet. »Ich kann nicht ... ich gehöre dort nicht hin ...«

Sie verlor das Bewusstsein. Bevor sie fiel, zog Jean-Baptiste sie in seine Arme und hielt sie fest, um sich dann Ast für Ast nach unten zu hangeln, bis sie den Boden erreichten. Als er ums Haus herum zu seinem Wagen lief, knurrte er leise. Es bereitete ihm keine Freude, diese Frau gegen ihren Willen in die Wildlands zu bringen, aber das hier war eine Notlage.

Nicht nur für die Pantera.

Auch für ihn.

Genevieve erwachte, umgeben von schweren, gelben Sonnenstrahlen, mit dem erdigen Geruch von Kaffee in der Nase, Jean-Baptistes warmem, muskulösem Körper an ihrem Rücken und dem atemberaubenden Gefühl seines stahlharten Glieds, das langsam in sie drang.

Sofort stöhnte sie auf und bog den Rücken durch, um es ihm leichter zu machen. Jean-Baptiste führte einen Arm um ihre Taille und packte sie an der Schulter. Während er sie Zentimeter für Zentimeter ausfüllte, hielt er sie an der Schulter fest, um so tief wie nur möglich in sie dringen zu können.

Genevieve lächelte, ihr ganzer Körper brannte vor Hitze und Hunger, als sie den Blick nach unten wandte. Jean-Baptistes andere Hand glitt zwischen ihre Beine und bahnte sich einen Weg zu ihrem Geschlecht. Ihre Muskeln zogen sich erwartungsvoll zusammen, und sie konnte sich nicht entscheiden, ob sie den Rücken weiter durchbiegen oder die Hüften nach vorn schieben sollte. Doch bevor sie mit ihrem verschleierten Verstand noch irgendeinen Gedanken fassen konnte, spürte sie seine Zähne auf ihrer Schulter. Knurrend kratzte er damit zart über ihre Haut, während seine Finger zwischen ihre feuchten Schamlippen glitten.

Von da an war es ihr unmöglich, irgendetwas anderes zu tun, als sich ihm und den Reaktionen ihres Körpers hinzugeben.

Jean-Baptiste stieß in sie, biss sie in die Schulter, umkreiste ihre pralle Klitoris und traf einfach genau die richtigen Stellen. Stöhnend krallte sie sich in die Laken und bewegte sich mit ihm. Gott, es war so ein gutes, richtiges Gefühl, von ihm ausgefüllt, von ihm genommen zu werden. Wie der perfekte Wind über dem Bayou, wie ein perfekter Tag, an dem alles lief, wie es sollte ... der perfekte Kuss von dem einzigen Mann auf der Welt, der hinter den Knöpfen und den gestärkten Kragen das große Herz sah.

»Genny«, flüsterte er heiser. »Allein die Vorstellung, in dir zu sein, so tief in deiner engen Möse, reicht aus, damit ich komme.« Er fluchte und biss ihr abermals in die Schulter. »Aber die Wirklichkeit ... Herrgott, das ist wie eine Droge. Eine Droge, von der ich nie wieder runterkommen will. Eine Droge, die niemals jemand anderes auch nur ...«

Er drückte ihren Kitzler zusammen. Ganz leicht nur, doch es war das Ende für Genevieve.

Sie stöhnte auf, bog den Rücken noch weiter durch, ließ die Hüften kreisen und spürte, wie sich das vulkanische Tosen des Höhepunkts in ihr ausbreitete. Und als er es noch einmal tat, als er diesmal etwas fester in das empfindliche Gewebe kniff – schrie sie auf und kam.

Es war zu viel für ihn. Er brüllte, packte sie, biss sie, und als sie sich wild in seinen Armen wand, stieß er dreimal hart in sie, bevor er kam und sie mit seinem heißen, milchigen Samen ausfüllte, sie in seine Arme zog und unendlich fest an sich drückte.

Es kam ihnen vor, als ob es Stunden dauerte, bevor einer von beiden auch nur den kleinsten Muskel rührte. Reglos und verschwitzt lagen sie da, während die Sonnenstrahlen zeitweise von Wolken verdeckt wurden, um dann heller und wärmer als je zuvor zurückzukehren.

Schließlich drehte sich Genevieve schnurrend in seinen Armen um, damit sie ihn ansehen konnte. Sie legte ein Bein über seinen kraftvollen Oberschenkel und blickte ihn an. Schweiß stand ihm gut. Ebenso wie Sex. Seine Augen glühten. Die dunklen Haare fielen auf seinen Hals, auf die Tätowierungen und seinen Kiefer. Sein Mund hatte eine tiefrote Farbe. Sie wollte ihn schon wieder.

»Ja, Miss Burel?« In seinen Augen loderte Hitze.

Sie lächelte breit. »Hier riecht etwas unglaublich gut.«

»Oh, vielen Dank.«

Sie lachte. »Nein, nicht du.«

»Nicht ich?« Er setzte einen gespielt finsteren Blick auf, der ihn nur noch sexier aussehen ließ. »Dann müssen es wohl die Beignets und der Kaffee sein.«

»Du machst Witze?« Mit hüpfendem Herzen stützte sie sich auf den Ellbogen. »Das hast du für mich gemacht?«

Er gab ihr einen spielerischen Klaps auf die Kehrseite. »Ich versuche nur, Sie zu beeindrucken, Miss Burel.«

Sie liebte es, wenn er sie Genny nannte, besonders, wenn er in ihr war. Es war so weich und zärtlich und intim. Aber sie musste zugeben, dass es jeden Zentimeter ihrer Haut zum Kribbeln brachte, wenn er Miss Burel zu ihr sagte. »Ich kann nicht glauben, dass du extra rausgegangen bist, um mir Kaffee und Beignets zu holen. Wo sind sie?«

Er lachte. »Ganz ruhig, *ma chérie*. Ich hole sie. Ich werde sie dir bringen und dich damit füttern. Angesichts der Uhrzeit könnte der Kaffee allerdings inzwischen kalt sein.«

»Uhrzeit?« Sie sah sich nach einer Uhr um, konnte aber keine entdecken. Wie spät war es?

»Kein Grund zur Sorge.« Jean-Baptiste knurrte und küsste sie ausgiebig, bevor er die Decke zurückschlug und sich aufsetzte. »Außerdem sind die Beignets nur ein Teil der Überraschung.«

»Wirklich?« Für einen Augenblick vergaß sie die Zeit, als sie seinen glatten, breiten Rücken und den tätowierten Speer sah, der entlang seiner Wirbelsäule verlief. Gott, bei diesem Anblick lief einem wirklich das Wasser im Munde zusammen. »Wollen Sie mich etwa verwöhnen, Mr. Baptiste?«, schnurrte sie.

Er wandte sich zu ihr um und warf ihr unter schweren Lidern ein hocherotisches Lächeln zu. »Jeden Tag, von morgens bis abends, Miss Burel.«

Hitze durchflutete sie. »Verrate es mir.«

»Ich habe mich um unser kleines Problem gekümmert.«

Verwirrung mischte sich in die Hitze in ihrem Inneren. Sie erhob sich auf die Knie. »Was meinst du damit?«

Er stand auf und hob eine Augenbraue. »Isi ist in den Wildlands.«

Genevieves Lippen öffneten sich, doch es drang kein Laut hervor. Kein Atem, keine Worte. Obwohl draußen vor den Balkontüren die Sonne schien, bekam der Raum plötzlich einen Graustich, Angst durchzuckte Genevieve.

Nein. Er konnte doch nicht ... *Sie* konnte doch nicht ...

»Ich habe sie selbst hingebracht«, fuhr er fort, während er in nackter Pracht vor ihr stand. »Es ist erledigt, *ma chérie.* Unsere Mission ist erfüllt, und wir können hierbleiben, bis ...«

»Nein!« Schroff und angsterfüllt kam das Wort aus ihrem Mund. Ohne weitere Zeit zu verschwenden, stieg sie aus dem Bett. »Oh mein Gott. Oh mein Gott.« *Wie spät ist es? Wie lange haben wir geschlafen?*

»Genevieve? Was zum Teufel stimmt denn nicht?«

Einfach alles. Gott, wie konnte sie nur so dumm gewesen sein? So unvorsichtig? Wie konnte sie zugelassen haben, dass sie wegen einer Nacht – wegen bedeutungslosem Spaß – das Ziel ihrer Reise aus den Augen verlor? Scheiße, ihre gesamte Zukunft ...

Verflucht, wie spät war es?

»Genevieve«, sagte Jean-Baptiste noch einmal, und diesmal folgte ihrem Namen ein Knurren.

»Es ist vorbei«, sagte sie, während sie Kleidung aus ihrer Tasche zerrte und sie anzog.

»Was ist vorbei?« Seine Stimme war langsam, vorsichtig.

»Meine Karriere. Meine Chance.« *Die Chance auf eine Möglichkeit, die zerstörte Magie in meiner Familie wiederherzustellen. Wo war die verdammte Uhr?*

»Wovon redest du? Raphael ist begeistert.«

Hastig schlüpfte sie in ihre Schuhe und zog den Reißverschluss ihrer Tasche zu. »Ich muss los. Jetzt. Ich muss weg.« *Ich muss versuchen, diesen Schaden wiedergutzumachen, muss die Ältesten um eine zweite Chance anflehen.*

»Ich dachte, es würde dir gefallen. Ich dachte …« Er fuhr sich mit einer Hand durch die Haare. »Ich lasse den Wagen vorfahren.«

»Mach dir keine Umstände. Ich nehme ein Taxi. Ich komme schon allein zurück.« Nie wieder würde sie einen solchen Fehler machen. Das würde sie ihnen schwören.

»Okay, das ist Bockmist.« Augenblicklich stand Jean-Baptiste nackt und angespannt neben ihr und packte ihre Arme. »Sieh mich an.«

Sie blieb stehen. Sie wollte ihn nicht ansehen. Gott, das wollte sie auf keinen Fall. Wenn sie ihn ansah, geschahen schlimme Dinge. Schlimme Dinge, die sich als aufregende, wunderschöne, perfekte, zukunftszerstörende Dinge tarnten. Trotzdem glitt ihr Blick nach oben. Und als sie ihm in die Augen sah, als sie darin die Verwirrung und Erregung und seinen verzweifelten Wunsch las, sie zu verstehen, da zog es ihr das Herz zusammen. Und in ihrem Kopf flüsterte es verräterisch: *Liebe?*

»Geht es darum, dass du Isi selbst nach Hause bringen wolltest?«, fragte er. »Um Raphael zu beeindrucken? Dein erster Auftrag und so?«

»Nein.«

»Was dann?«

Sie schüttelte den Kopf und biss sich auf die Lippe.

»Du musst mit mir reden.«

»Ich muss weg.«

»Noch nicht.«

»Du kannst mich hier nicht festhalten«, sagte sie mit zugeschnürter Kehle. »Ich will gehen.«

»Du willst *mich*.« Sein Gesicht war vor hitzigem Verlangen verzerrt.

Oh Gott.

»Du willst *mich*, Miss Burel. Sag es.«

»Natürlich will ich dich.«

»Dann hör auf damit. Mit diesem Gerede. Mit dieser Angst.« Er ließ ihre Schultern los und nahm ihr Gesicht in beide Hände. »Ich bin bei dir, Genny. Begreifst du das nicht? Du weißt, was ich empfinde, was ich will – und was ich dir anbiete. Mein Leben gehört jetzt dir. Das alles ist verrückt und geht zu schnell, aber es ist richtig. Wir spüren es beide. Ich will nichts weiter, als mit dir zusammen zu sein, für dich zu sorgen und dich zu beschützen.« Er betrachtete sie prüfend. »Was für ein Problem du auch hast, ich kann es lösen. Sprich mit mir.«

Sie schüttelte den Kopf. Ihre Kehle fühlte sich rau und eng an.

»Doch«, versicherte er ihr. »Das tun Männer nämlich für ihre Frauen.«

Noch nie in ihrem Leben hatte jemand sie so angesehen, sie so sehr gewollt. So absolut und unerschrocken. Und trotzdem konnte sie sich nicht auf ihn einlassen. Sie hatte ihren Weg gewählt, hatte sich den Ältesten verpflichtet. Und davon trat man nicht wieder zurück, wenn man ihren Zorn nicht auf sich ziehen wollte. Ihre Familie brauchte sie jetzt. Und von ihren Eltern hatte sie gelernt, dass man das Problem der erlöschenden Magie in ihrer Familie nicht durch Davonlaufen oder egoistische Entscheidungen lösen konnte.

Seine tiefe Stimme wurde zu einem besitzergreifenden Knurren. »Ich habe Anspruch auf dich erhoben, Genny. Noch vor einem Augenblick hätte ich dich fast mit meinen Zähnen gezeichnet. Um Himmels willen, wären wir in den Wildlands gewesen und hätte ich meine Pumakrallen gehabt, dann hätte ich es getan.«

Bei diesen Worten rang sie nach Luft, ihre Augen weiteten sich. Alles, was er gesagt hatte, als sie in seinen Armen gelegen hatte, vor ihm und unter ihm, strömte wieder auf sie ein. Ja, er hatte ihr einen Antrag gemacht, und sie hatte es einfach ausgeblendet. Hatte so getan, als wäre es nie passiert, damit sie das kleine Stück Himmel genießen konnte, nach dem sie sich so verzweifelt sehnte. Doch als sie jetzt in sein kämpferisches, auf düstere Art attraktives Gesicht blickte, konnte sie es nicht mehr ausblenden. Weder diesen wundervollen, vollkommenen Antrag noch die hässliche Wahrheit.

»Niemand kann Anspruch auf mich erheben, Jean-Baptiste«, sagte sie, und in ihrer Stimme lag so schwerer Kummer, dass er fast mit Händen zu greifen war. »Ich bin kein Anzugträger. Nicht mehr. Ich arbeite für die Ältesten. Ich kann nie wieder mit dir zusammen sein. Und ich kann niemals deine Gefährtin sein.«

7

Sanft und milchig legte sich die Dämmerung über den Bayou. Der gewaltige zobelbraune Puma sah der Frau hinterher, die er mehr als alles andere wollte, als sie eilig zwischen den Bäumen verschwand. Er wollte ihr nachlaufen, sich ihr in den Weg stellen, sie anfauchen und anknurren. Wenigstens so lange, bis sie vernünftig wurde, vielleicht auch bis sie sich auf den Bauch fallen ließ und er sich wieder an sie kuscheln und ihr das Fell lecken konnte. Aber Genevieve Burel war fest entschlossen, vor die Ältesten zu treten. Sie wollte die Weisen anflehen, ihr zu vergeben und sie wieder in ihre Mitte aufzunehmen. Und Jean-Baptiste hatte beschlossen, sie gehen zu lassen.

Leise knurrend drehte er sich im Kreis. Sie hatte ihn angelogen. Aber konnte er ihr deswegen böse sein? Er hatte sie doch ebenfalls belogen.

Mit geöffnetem Maul sog er ein letztes Mal den süßen, zarten Duft von Genevieve und ihrem Puma in sich auf, bevor er sich in die entgegengesetzte Richtung davonmachte. Er würde ihr und ihrem Puma vierundzwanzig Stunden geben, um zur Besinnung zu kommen und sich zu fangen. Vierundzwanzig Stunden, um einzusehen, dass sie zusammengehörten. Vierundzwanzig Stunden, um sich mit der Tatsache anzufreunden, dass die Ältesten ihre Vergangenheit waren und Jean-Baptiste ihre Zukunft. Erst danach würde er eingreifen.

Die Zeit läuft ab jetzt, Miss Burel.

Am Rande des mit gelben Teichrosen übersäten Bayous patrouillierte eine Gruppe schwarzer Puma-Jäger, und Jean-Baptiste grüßte sie mit einem Heulen. Sie erwiderten seinen Ruf, und er lief weiter Richtung Stadt, schlängelte sich zwischen einer Gruppe von Eichen hindurch und nahm zwischen Kannenpflanzen und wilder Goldmelisse den Geruch der Jäger und Anzugträger auf. Obwohl sein Herz entsetzlich wehtat, wollte er nach Ashe, Raphael und Isi sehen. Er wollte sehen, welche Fortschritte es gab und ob die Voodoo-Priesterin aufgewacht war und bereits sein Ableben plante.

Als er sich durch die Anissträucher schlug, hörte er das geschäftige Summen des Dorfes – wie von dem Bienenstock, über den er als Junges einmal gestolpert war. Es musste kurz vor der Abendessenszeit sein, dachte Jean-Baptiste, als er durch eine Seitenstraße lief. Alle Pantera-Pumas nahmen ihre Menschengestalten an, verabschiedeten sich von ihren Freunden, eilten aus den Geschäften und liefen zu ihren Häusern. Als die Klinik vor Jean-Baptiste auftauchte, beschleunigte er seine Schritte. Einige Pumas, noch in ihren Tiergestalten, sprangen ihm fauchend aus dem Weg, doch er wurde nicht langsamer. Er nahm die Stufen im Sprung, lief in das Gebäude und hielt auf sein Büro zu – einen Ort, an dem er schon lange nicht mehr gewesen war. Entweder hatte er sich krankgemeldet oder behauptet, von zu Hause aus zu arbeiten. Er hatte nicht riskieren wollen, dass es zu Problemen mit seinem Puma kam. Aber dieses Risiko bestand ja nun nicht mehr, dachte er, als er ins Labor platzte. Nicht, seit es Genevieve gab.

Er bleckte die Zähne, sein Puma schnurrte. Verdammt, er vermisste sie jetzt schon. Vielleicht hätte er darauf bestehen sollen, sie zu den Ältesten zu begleiten, damit die drei weisen alten Frauen sahen, zu wem ihre neue Anwärterin wirklich gehörte. Aber er versuchte, nicht zu besitzergreifend zu sein. Sie sollte von selbst darauf kommen, dass sie zusammengehörten.

Allerdings würde er natürlich nicht allzu lange warten.

Vierundzwanzig Stunden.

Tick-tack.

»Kommst du, um nach deiner Voodoo-Priesterin zu sehen?«

Sein Puma-Fell sträubte sich, er drehte sich um und musterte die Personen hinter sich. Raphael und zwei Pantera-Ärzte betraten das Labor, letztere trugen hellblaue Kittel und sahen sehr besorgt aus.

Augenblicklich verwandelte sich Baptiste. Er liebte dieses neue, kostbare Gefühl, sein inneres Tier kontrollieren zu können.

Raphaels müde grüne Augen zogen sich zusammen, als er diese ungewohnt schnelle und mühelose Verwandlung sah. »Also, diese Entwicklung ist neu.«

Ohne die Einschätzung des Anzugträgers zu bestätigen oder abzustreiten, ging Jean-Baptiste auf die anderen zu. »Die Voodoo-Priesterin. Ist sie wach?«

»Allerdings«, sagte Angel trocken. Seine nachtschwarzen Augen standen in scharfem Kontrast zu seinen kurzen weißen Haaren. »Wach und stinksauer.«

CJ nahm Angel den Stapel Kurvenblätter aus der Hand und ging zu ihrem Schreibtisch. »Als ich zuletzt nach ihr gesehen habe, hat sie Pläne für deinen Tod geschmiedet.«

Wie er erwartet hatte. »Welche Waffen hat sie gewählt?«

Die rothaarige Frau sah von ihren Unterlagen auf. »Ein bisschen was von allem. Als wir sie untersucht haben, hat sie von Messern gesprochen. Beim Blutabnehmen dann von einer sehr stumpfen Säge.«

Sie hatten das ganze Programm durchgezogen? Himmel, die Frau würde Feuer speien. »Habt ihr ihr irgendetwas gegeben?«

»Nur etwas gegen die Übelkeit. Sie war ziemlich grün im Gesicht, als sie aufwachte. Aber die Medikamente scheinen ihr etwas Linderung verschafft zu haben.«

»Hat sie sich Ashe schon angesehen?«, fragte Jean-Baptiste.

Bevor einer der anderen antworten konnte, knurrte Raphael: »Sie weigert sich.«

Verdammte halsstarrige Frau. »Ich rede mit ihr.«

»Du musst mehr tun, als nur zu reden«, sagte Raphael, der mit geblähten Nasenflügeln dicht vor ihn trat. »Du musst sie davon überzeugen, nach Ashe zu sehen, ihr zu helfen, sie zu heilen …«

»Raphael …«, fing er an.

Doch der Anführer der Diplomaten war zu sehr außer sich. Wut, Angst und Elend lagen auf seinem Gesicht und steuerten jede seiner Bewegungen, jeden Gedanken.

Mit schief gelegtem Kopf zeigte er Baptiste für einen kurzen Moment seine voll ausgefahrenen Reißzähne. »Denn wenn sie meiner Frau und meinem Baby nicht hilft, kann ich nicht mehr verhindern, dass ich sie umbringe.«

»Die Voodoo-Priesterin ist hier?«, zischte die Stimme leise. »In den Wildlands?«

»Ja.« Genevieve saß vor den Ältesten. Sie hatte das Kinn erhoben, doch innerlich wand und krümmte sie sich vor Trauer und Angst und vor Sehnsucht nach dem Mann, den sie am Bayou zurückgelassen hatte. Die drei Ältesten – weibliche Pantera, die in ihrer Puma-Gestalt lebten – saßen von Nebel umhüllt auf einer breiten Zypresse, die sich als natürliche Brücke über den mondbeschienenen Bayou spannte.

»Du hast sie nicht aufgehalten«, sagte Wilu. Die Worte des braunen Pumas waren keine Frage.

Genevieve nickte. »Ich weiß.«

»Was ist deine Entschuldigung?«, fragte Gaya. Aufmerksam blickte der blaugraue Puma sie an.

Ich bin eingeschlafen. Ich war mit einem Mann im Bett.

Ich habe mich verliebt.

Genevieve ließ die Schultern hängen und senkte den Kopf. »Ich kann nur meine Unerfahrenheit anführen.«

Die dritte der Ältesten, Tyee, erhob sich auf alle vier Pfoten und ging auf Genevieve zu. Ihr weißes Fell war dicht und weich. »Willst du dein Versagen rechtfertigen, Genevieve?«

»Ich möchte mich dafür entschuldigen«, sagte sie eilig.

Die Katze schüttelte den Kopf, ihre hellblauen Augen verengten sich. »Das ist nicht genug, wenn du unsere Schülerin und eines Tages selbst eine Älteste sein willst.«

In Genevieve kämpften widerstreitende Gefühle. Genau das war der Punkt. Es war ihre Wahl und ihre Entscheidung, und sie hatte nichts als Ausreden. Die Ältesten verlangten ihren vollen Einsatz für eine Sache, an die sie aus ganzem Herzen glaubte – etwas, das den Niedergang der Magie, innerhalb und außerhalb ihres Hauses aufhalten konnte – und sie zögerte. Aber konnte sie wirklich darauf verzichten, Jean-Baptiste jemals wiederzusehen? Auf seine Küsse und seine Berührungen? Allein die Vorstellung, der bloße Gedanke tat ihr im Herzen weh.

Sie war schwach.

»Sieh es nicht als Niederlage, Genevieve«, sagte Gaya freundlich. »Anscheinend bist du, wie auch schon deine Mutter, einer solchen Ehre einfach nicht gewachsen.«

Die Worte sollten sie nicht verletzen. Die Ältesten sprachen nur Wahrheiten und Tatsachen aus, auch wenn es manchmal schwerfiel, sich ihnen zu stellen. Dennoch zuckte Genevieve zusammen.

»Das glaube ich nicht.« Sie hob das Kinn.

»Deine Leidenschaft gilt etwas anderem«, sagte Wilu, deren gelbe Augen Genevieve fest in den Blick nahmen. »Genau wie dein Fokus. Vielleicht möchtest du dir einen Mann suchen?«

»Nein.« Genevieve schüttelte den Kopf, während alles in ihr schrie: *Ich habe ihn schon gefunden!*

Tyee blieb direkt vor ihr stehen, beugte sich vor und berührte mit ihrer schwarzen Schnauze Genevieves Hand. »Vielleicht ist die Magie in deinem Haus geschwächt, weil dein Glaube an die Ältesten geschwächt ist.«

Ein Ruck fuhr durch ihr Herz. »Niemals!«

Der weiße Puma ließ den Kopf sinken. »Du hast uns enttäuscht, Genevieve Burel.«

»Wartet …«

»Du bist entlassen.«

Bevor Genevieve auch nur ein weiteres Wort sagen konnte, verschwanden die Ältesten von der Brücke. Zurück blieb nichts als Nebel, der sich über dem Bayou kräuselte.

»Vergiss einfach, dass es meinen Laden gibt. Keine Tattoos mehr, keine Piercings. Es ist mir egal, ob dir dein Puma die Eier abreißt, kapiert?«

Mitten im Labor, bewacht von einem eins achtzig

großen, schwarzhaarigen Jäger, funkelte Isi Baptiste wütend an. Sie hatte die Arme vor der Brust verschränkt, das blaugesträhnte Haar fiel ihr wirr ins Gesicht und sie sah aus, als würde sie ihn jeden Moment umbringen. Und er konnte es ihr nicht einmal verdenken.

»Wie fühlst du dich?«, fragte er.

Sie zeigte ihm den Mittelfinger. »Tu nicht so, als würde dich das auch nur im Geringsten interessieren.«

Er schüttelte den Kopf. »Ich tue nicht so. Es ist mir wichtig. Nur ist mir das Überleben meiner Art noch wichtiger. Etwas bedroht das Leben der Frau, die das erste Pantera-Junge seit fünfzig Jahren austrägt. Von innen, Isi. Ich schwöre bei Gott, ich wäre niemals so weit gegangen und nie so ein Riesenarschloch gewesen, wenn es nicht so dringend wäre.«

»Du hattest kein Recht zu tun, was du getan hast, Baptiste«, sagte sie. »Ich bin weder dir noch ihnen irgendetwas schuldig.«

Er nickte. »Das stimmt.«

Ihre Zähne knirschten. »Aber …«

»Scheiß auf aber, Isi. Es geht um ein Baby.«

Einige lange Sekunden starrte sie ihn an, dann schüttelte sie langsam den Kopf. »Ich weiß nicht, was ich deiner Meinung nach für sie tun können sollte.«

»Sieh sie dir einfach an und sag uns, was du denkst.« Er ging auf sie zu.

»Habe ich überhaupt eine Wahl?«

»Aber natürlich.«

»Versuch jetzt nicht, Schönwetter zu machen, Baptiste«, warnte sie ihn. »Ich habe nicht vor, dir zu verzeihen.«

Jean-Baptiste grinste. Mit ihr zu streiten, fast wie unter Geschwistern, hatte er schon immer gemocht. »Keine Vergebung«, sagte er und streckte die Hand aus, um ihr eine senkrecht abstehende Haarsträhne glattzustreichen. »Aber wenn ich vielleicht noch mal ein Tattoo oder ein Piercing brauche …«

Sie schlug seine Hand weg. »Wie ich schon sagte. Verdammt. Nein.«

»Komm schon, Isi. Du weißt selbst, dass es dich fasziniert …«

Er verstummte, als ihm der wundersamste, köstlichste Duft der Welt in die Nase stieg. Sofort wurde alles an ihm heiß und hart, und in seiner Kehle vibrierte ein hungriges Knurren.

Seine Nase irrte sich nie.

Nicht, wenn es um seine Frau ging.

Genevieve war hier.

8

Genevieve hatte nie etwas für Gewalt übriggehabt. Bis zu diesem Moment. Bis sie im Krankenhaus in der Tür zum Labor stand und sah, wie Jean-Baptiste die Haare der Voodoo-Priesterin anfasste. Sie fletschte die Zähne, ihre Eckzähne traten deutlich hervor. Am liebsten hätte sie ihren Puma losgelassen, wäre durchs Zimmer gestürmt und hätte sich mit gezückten Krallen auf diese Frau gestürzt. Aber sie war nicht hier, um Isi wehzutun oder ihre schier unerträgliche Eifersucht zur Schau zu stellen. Sie war hier, um den Ältesten zu beweisen, dass sie ihrer würdig war und sich den Pantera verschrieben hatte. Dazu musste sie die Voodoo-Priesterin ohne Zwischenfälle wieder aus den Wildlands schaffen.

Jean-Baptiste wich von der Frau zurück und drehte sich zu Genevieve um. Falls das überhaupt möglich war, sah er noch wilder und schöner aus als vor ein paar Stunden, als sie sich im Wald von ihm getrennt hatte. Wärme leuchtete in seinen bernsteinfarbenen Augen, und der Metallring in seiner Lippe funkelte sie an.

Sie musste schlucken.

»Schön, dich zu sehen«, sagte er. »Und noch dazu viel früher, als ich erwartet hatte. Bist du hier, um mir zu sagen, dass sich deine Zusammenarbeit mit den Ältesten erledigt hat?«

Seine Stimme hüllte sie ein, ließ sie innerlich schmelzen und brachte ihren Puma zum Schnurren. Knurrend schüttelte sie den Kopf. »Ich bin ihretwegen hier.«

Isi hob eine Augenbraue.

»Und was hast du mit ihr vor?«, fragte Jean-Baptiste gelassen, während er sich vor die Voodoo-Priesterin stellte.

»Ich werde sie zurückbringen. Sie will nicht hier sein. Sie gehört hier nicht her.« Dann sah sie Isi an, wobei sie gegen den Drang ankämpfte, der Frau die Diamantstecker mit den Zähnen aus der Nase zu reißen. »Nicht wahr?«

»Mit *hier* meinst du die Wildlands?«, fragte Jean-Baptiste. »Oder: so nah neben mich?«

Sie wandte sich wieder zu ihm um und knurrte ihn an. »Natürlich meine ich die Wildlands.« Doch für ihren Bauch und ihr Herz schien Letzteres im Augenblick weitaus besorgniserregender zu sein.

Albernes Ding.

»Ich glaube, ich habe etwas von dem Anti-Liebes-Elixier dabei«, warf Isi trocken ein. »Wenn du willst, kannst du es haben, Baptiste.«

Genevieve wirbelte zu der Frau herum und zischte: »Halt die Klappe.«

Wieder hoben sich Isis Augenbrauen.

Jean-Baptiste ging auf Genevieve zu. »Die Ältesten wollen, dass sie die Wildlands verlässt.«

Sie hob das Kinn. »Das stimmt.«

»Und du bist hier, um nach ihrer Pfeife zu tanzen.« Sein Blick aus flüssigem Bernstein durchbohrte sie. »Weißt du überhaupt, warum?«

»Natürlich weiß ich das. Sie glauben, dass sie unserem Land, Ashe und dem Baby schadet. Sie wissen, was das Beste für uns ist, Jean-Baptiste. Das haben sie schon immer gewusst. Sie haben die Pantera immer beschützt.« *Deshalb habe ich sie so bewundert. Deshalb habe ich mein eigenes Leben aufgegeben, um in ihre Dienste zu treten.*

Jean-Baptiste stimmte ihr weder zu noch widersprach er ihr, sondern kam nur weiter auf sie zu. »Hältst du es für klug, einen Auftrag anzunehmen, ohne die Hintergründe zu kennen? Was ist, wenn sie sich irren? Oder falsch informiert sind?«

»Es sind die Ältesten«, sagte sie, als wäre das die einzig notwendige Erklärung. »Sie wissen alles.«

»Das glaube ich nicht. Wenn sie alles wissen, warum können wir uns dann immer noch nicht fortpflanzen? Warum gibt es an den Grenzen immer noch Stellen mit schwindender Magie?«

Genevieve starrte ihn wortlos an. Sie hatte die gleichen Gedanken, die gleichen Fragen gehabt, hatte sie aber immer verdrängt. War es nicht Verrat, die Ältesten infrage zu stellen?

»Vielleicht ist Isi die Einzige, die Ashe helfen kann«, sagte Jean-Baptiste. »Und dem Baby.«

»Und wenn nicht?«, fragte Genevieve leise. Alles in ihrem Kopf verschwamm, als sein Geruch in ihre Nase drang. »Was ist, wenn sie mehr Schaden anrichtet als hilft? Vielleicht wissen die Ältesten etwas über sie, das wir nicht wissen.«

Jean-Baptiste sah sie grimmig an. »Etwas, das sie nicht preisgeben wollen.«

»Sie sind die Pantera!«

»Nein. *Wir* sind die Pantera. Wir alle.«

»Baptiste.« Das war Isi. »Können wir das hinter uns bringen? Jetzt? Mir geht es schon wieder ziemlich mies.«

»Sie müssen nicht hierbleiben«, rief Genevieve ihr zu. »Sie können nicht gegen Ihren Willen hier festgehalten werden.«

»Verdammt, Genevieve«, brüllte Jean-Baptiste.

Doch Genevieve hörte nicht hin. »Ich kann Sie selbst zurückbringen.«

»Nein«, sagte Isi, die auf Jean-Baptiste zuging und die Hand auf seinen Arm legen wollte. »Ich werde sie mir ansehen.«

In dem Moment, als Isis Hand ihn berührte, rastete Genevieve aus. Die Ältesten existierten nicht mehr, ebenso wenig ihre eigene Schwäche oder ihre Würde. Wo vorher ihre Hände gewesen waren, traten jetzt Krallen hervor. Nur noch von ihren Instinkten geleitet, ging sie auf die Voodoo-Priesterin los. Sie hatte die Augen zusammengekniffen, und ihr Puma drängte an die Oberfläche ihrer Haut.

»Halt!«, rief Jean-Baptiste warnend.

»Lass. Die. Finger. Von. Ihm.« Genevieve merkte kaum, dass diese wilde, raue Stimme aus ihrem Mund kam.

Isi stöhnte auf, und Jean-Baptiste wandte sich an den Wachmann. »Hiss, bring Isi zu Raphael. Sofort. Ich komme gleich nach.«

Den Blick wachsam auf Genevieve gerichtet, ging der Mann zu der Voodoo-Priesterin, fasste sie am Arm und führte sie aus dem Raum. Als sich die Tür zum Labor schloss und sie allein waren, knöpfte Jean-Baptiste sich Genevieve vor.

»Ich werde nicht so tun, als würde es mir nicht über die Maßen gefallen, wie du fauchst und kratzt, um nicht nur mir, sondern auch dir selbst zu zeigen, dass wir in Wahrheit schon ein Paar sind. Aber ich werde nicht zulassen, dass du Isi von hier fortbringst – Miss Burel ...«

»Für dich Genevieve«, fauchte sie.

»Nein. Noch nicht.«

Sie erstarrte und spürte, wie ihr hinter den zusammengekniffenen Augen die Tränen kamen. Sie vermisste ihn. Wie war das möglich, nach so kurzer Zeit? Seine Berührungen, die Zartheit in seiner Stimme, wenn er ihren Namen sagte. Ihren Kosenamen ...

»Sprich mit mir«, sagte er, als er dichter an sie herantrat. »Haben die Ältesten dich in der Hand? Erpressen sie dich, oder drohen sie dir?«

Sie schüttelte den Kopf.

Er nahm sie in seine Arme. »Was ist dann hier los, zum Teufel? Du empfindest keine Leidenschaft für diese Arbeit oder für sie. Deine Leidenschaft gehört jetzt mir.«

Gott, wie sie seine Worte hasste. Sie hasste sie, weil

sie ein Echo dessen waren, was die Ältesten gesagt hatten. Und weil es die Wahrheit war. Fast wäre sie einfach an Ort und Stelle in sich zusammengesackt.

»Warum?«, drängte er.

Sie ließ den Kopf in den Nacken fallen und sah ihm fest in die Augen. »Ich liebe die Pantera. Ich will nur tun, was richtig für sie ist. Die Ältesten ...«, begann sie kläglich, »... ich habe immer geglaubt, dass sie der Schlüssel zu unserer Langlebigkeit, unserem Glück und unserem Frieden sind. Sie sind in der Lage, alle unsere Probleme zu lösen. Und ich hatte gehofft, wenn ich einmal in ihrem Dienst stehe, würden sie mir helfen, die Antwort auf mein Problem zu finden.«

»Was für ein Problem ist das?«

Ihm die Wahrheit zu sagen war viel schwieriger, als sie es sich vorgestellt hatte. Es gab ihr ein seltsames Gefühl von Verletzlichkeit. »Die Magie schwindet nicht nur an den Grenzen der Wildlands, Jean-Baptiste.« Sie schluckte schwer. »Es breitet sich aus. Auch in meinem Zuhause und in meinen Großeltern wird sie schon schwächer. Vielleicht sogar in mir. Das geht jetzt schon seit einigen Monaten so. Meine Eltern sind davongelaufen, statt sich der Gefahr zu stellen, statt zu versuchen, sie aufzuhalten. Das kann ich nicht.«

Jean-Baptiste schwieg, während er verdaute, was sie ihm gerade berichtet hatte. Mit fest zusammengezogenen Brauen und grimmig verzerrtem Mund sah er ihr ins Gesicht. Er wirkte verwirrt, vielleicht verärgert.

War er wütend, weil sie ihn angelogen hatte? Oder widerte es ihn an, was in ihrem Haus vor sich ging? In ihrer Familie? Hielt er sie jetzt für schwach?

»Das ist unglaublich«, brachte er kopfschüttelnd hervor.

Ihr Herz stolperte, ihr wurde flau im Magen. Sie könnte es nicht ertragen, wenn er sie voller Ekel und Abscheu ansähe. Oder wenn er ihr erklärte, dass sie einen Fehler gemacht hatten – dass sie keine Gefährten waren und er keinen Anspruch auf sie erhob.

Sie wand sich aus seinem Griff. »Ich muss gehen.« Sie hätte es ihm nicht erzählen sollen, hätte ihr Herz nicht öffnen dürfen.

»Warte. Die Magie in deiner Familie ist erloschen?«

»Ich werde dich nicht weiter behelligen.« Sie wandte sich ab und eilte zur Tür. »Und auch nicht deine Voodoo-Priesterin.«

»Genevieve.«

Sie war hinausgerannt, bevor er noch ein weiteres Wort sagen konnte. Am Ende des Flurs glaubte sie noch zu hören, wie er ihr hinterherrief, doch das Geräusch ging in ihrer Gestaltwandlung unter.

Jean-Baptiste rannte ihr nach. Herrgott, wie sie das vermasselt hatten. Sie beide. Sie waren füreinander bestimmt, waren so verliebt ineinander und suchten beide verzweifelt einen Ausweg aus ihrem Dilemma, damit sie zusammen sein konnten. Und doch hatten sie die ganze Zeit Geheimnisse voreinander. Sinnlose, zerstörerische Geheimnisse. Das war alles. Mehr nicht. Sie mussten beide reinen Tisch machen, ihre Vergangenheit hinter sich lassen und beieinander Hilfe suchen. Für die Zukunft – und für die Wahrheit.

Aber als er an der offenen Tür zu Ashes Zimmer vorbeikam und auf dem Flur Raphaels schmerzerfüllte Stimme hörte, wurde er langsamer.

»Was zum Teufel soll das heißen?«, wollte der Diplomat wissen. »Geht es ihr gut? Und dem Baby? Verdammt, es ist so furchtbar, dass ich überhaupt nichts für sie tun kann.«

»Was ist los?« Jean-Baptiste trat ein und sah nacheinander alle Personen im Raum an. Mehrere Ärzte, Isi, Raphael und Ashe, die schlafend und bleich im Bett lag. Das kleine Zimmer war zum Bersten voll.

»Das Junge …«, stotterte Raphael mit einem Blick über die Schulter. Er saß neben dem Bett auf einem Stuhl, hielt Ashes Hand und sah aus wie der Tod persönlich.

»Das Junge ist gesund«, sagte Dr. Julia Cabot, die seit Kurzem Parishs Gefährtin war. Sie beugte sich über Ashe, um den Puls an ihrem Hals zu fühlen.

Mit vollkommen leerem Blick sagte Raphael: »Aber es wächst schneller als ein normaler Fötus.«

»Schwangerschaften verlaufen bei uns immer schneller, oder nicht?« Fragend richtete Baptiste den Blick auf Angel.

Der Arzt nickte, fügte dann jedoch hinzu: »Es scheint eher der Tragzeit einer Katze zu entsprechen. So etwas habe ich noch nie gesehen.«

Scheiße. »Wann ist es so weit?«

»In drei Monaten.«

Für einen Moment sprachlos, wandte sich Baptiste wieder an Raphael. Der sah aus, als würde er jeden Moment explodieren, den Verstand verlieren oder einfach zusammenbrechen. Baptiste betete inständig, dass Isi etwas tun konnte. Denn er fürchtete sich vor dem, was dieser Verlust für Raphael, aber auch für die Gesamtheit der Pantera bedeuten würde, wenn Ashe nicht durchkam.

»Das Junge zeigt keine Anzeichen von Belastung«, sagte Julia, während sie einen Beutel Flüssigkeit auswechselte. »Und obwohl sich das Kind sehr schnell entwickelt, sieht es gesund aus. Ashes Vitalwerte sind gut. Wir müssen nur endlich herausfinden, was ihren Geist gefangen hält, damit wir es bekämpfen können.«

Alle Augenpaare im Raum richteten sich auf Isi, die unter dem Gewicht dieser ganzen Hoffnungen und Ängste sichtlich zusammenschrumpfte. Bleich wie das Schilf unter der Wasseroberfläche des Bayous nickte sie ihnen zu. »Ich werde es versuchen. Allerdings brauche ich Zeit, um sie zu beobachten. Ich müsste studieren, wie sie sich im Schlaf bewegt, wie sie riecht und welche Geräusche sie macht …«

»Vielleicht können Sie noch mehr tun«, erklang eine weibliche Stimme hinter Jean-Baptiste.

Das Gesicht vor Anspannung verzerrt, betrat die Ärztin CJ den Raum, sie hielt eine Akte hoch.

»Wovon reden Sie?«, wollte Raphael wissen.

CJ sah Isi eindringlich an. »Die Ergebnisse Ihrer Bluttests sind da.«

Isi zuckte zusammen. »Und? Haben Sie herausgefunden, warum mir immer kotzübel wird, sobald ich mich den Wildlands nähere?«

»Nein.« CJ sah erst Julia, dann Angel und dann wieder Isi an. »Aber was ich herausgefunden habe, ist, dass Sie und Ashe gemeinsame DNA haben.«

Isis blasse Haut färbte sich grau. »Was?«

»Sie sind verwandt.«

Ein leises Stöhnen hallte durch den Raum. Alle sahen sich nach Isi um, doch das Geräusch war nicht von ihr gekommen. Jean-Baptistes Blick glitt zum Bett, in dem Ashe zwischen den ganzen Drähten und Schläuchen lag.

»Nein«, murmelte Isi, die sich jetzt angstvoll zurückzog. »Das ist unmöglich. Ich habe keine Familie.«

»Blut lügt nicht, Voodoo-Priesterin«, sagte CJ kühl.

»Oh mein Gott.« Julia eilte mit dem Stethoskop in der Hand zum Bett. »Raphael. Sieh nur.«

Isi sah Jean-Baptiste an. »Das muss ein Irrtum sein. Ich habe keine Verwandten. Da muss irgendetwas vertauscht worden sein …«

»Du«, erklang eine dünne, gequälte Stimme.

Jean-Baptiste riss den Blick von Isi los und drehte sich zu Ashe um. Ihr Gesicht war milchweiß, ihre Lippen trocken und mattrosa. Sie lag noch immer im Bett und wurde über tausend Schläuche mit Medikamenten versorgt, aber ihre Augen … heilige Scheiße, ihre Augen waren offen und durchbohrten Isi.

»Ma chérie«, sagte Raphael mit bebender Stimme. Er nahm ihre Hand und küsste sie. »Meine Liebe. Oh Gott sei Dank.«

Doch Ashe schien weder Raphael noch seine Stimme wiederzuerkennen. Wie gelähmt starrte sie Isi an, und wieder bewegten sich ihre Lippen. »Du«, flüsterte sie heiser. »Ich kenne dich.«

9

»Irgendetwas stimmt mit unserer Bé nicht.«

»Eindeutig.«

Genevieve, die mit überkreuzten Beinen auf dem Bett ihrer Großeltern saß, blickte von ihren Karten auf – sie hatte fast ein Full House. Die beiden sahen sie an und hatten ihre eigenen Karten ganz vergessen.

»Komm schon, erzähl es uns«, schmeichelte Maw-Maw.

»Ja«, sagte Paw-Paw. »Was ist bei dieser Reise passiert, Schätzchen?«

Sie war seit nicht einmal einer Stunde zu Hause, und die ganze Zeit hatten ihre Großeltern nichts anderes getan, als sie neugierig zu mustern und sie über die Reise auszuquetschen. Wer sie begleitet hatte, warum sie so spät nach Hause gekommen war und ob dieser Gesichtsausdruck ein Zeichen für Erfolg oder für eine Notlage war.

»Nichts«, sagte sie noch einmal. »Alles ist bestens.«

Paw-Paw schnaubte. »Wir sind vielleicht alt, Bé, Liebes. Aber wir kennen dich besser als irgendjemand sonst. Entweder ist bei dieser Reise etwas sehr falsch gelaufen«, er wandte sich mit einem breiten Lächeln an seine Frau, »oder sehr richtig.«

Genevieve schoss die Hitze in die Wangen. Mit aller

Macht versuchte sie, die Bilder von Jean-Baptistes Gesicht, seinem Körper und seinen Lippen aus ihren Gedanken zu verdrängen, aber sie scheiterte. Das schien ihr in letzter Zeit häufiger zu passieren.

»Oh du meine Güte.« Maw-Maw beugte sich so weit vor, dass Genevieve ihr ganzes Blatt sehen konnte. Straight Flush. »Du hast einen Mann kennengelernt, richtig?«

»Nein«, beeilte sich Genevieve zu sagen, doch es klang selbst in ihren Ohren unecht. »Ich habe gearbeitet. Es ist nichts passiert.« *Himmel, was für eine dicke Lüge.* »Da war niemand ...«

»Sieht er gut aus?«, fragte Maw-Maw.

»Wen interessiert das?«, warf Paw-Paw ein. »Kann er dir ein guter Partner sein? Ist er stark und furchtlos?«

Ein Klopfen an der Tür unterbrach das Gespräch und ließ Genevieve vor Schreck zusammenfahren.

»Genny!«, rief eine Männerstimme von draußen.

Ihr rutschte das Herz in die Hose. Was tat er da nur? Warum kam er hierher, nach allem, was sie ihm erzählt hatte? Und nach dem, wie er darauf reagiert hatte?

»Genny!«, rief er noch einmal. »Komm raus, oder ich komme rein!«

Sie sah ihre Großeltern an, die unter ihren weißen Daunendecken am Kopfende des Bettes lehnten. Sie machten große Augen, und auf ihren Gesichtern prangte ein breites Lächeln.

»Klingt attraktiv«, sagte Maw-Maw.

»Klingt stark«, warf Paw-Paw ein.

Oh, mein Gott. Das war so peinlich. »Ich bin gleich wieder da«, sagte Genevieve und kletterte aus dem Bett.

»Lass dir Zeit, Bé«, rief Paw-Paw ihr nach.

»Wir laufen nicht weg«, fügte Maw-Maw mit glockenhellem Lachen hinzu.

Das Herz hämmerte gegen ihren Brustkorb, als Genevieve zur Eingangstür lief und hinausstürzte. Jean-Baptiste lehnte am Verandageländer, genau wie bei ihrer ersten Begegnung. Allerdings trug er heute Abend keine Lederjacke, sondern nur Jeans und ein Shirt, das seine sexy Tattoos und die prallen Muskeln in appetitlicher Perfektion zur Schau stellte.

»Was machst du hier?«, fragte sie. Ihr Mund war so trocken, dass ihre Worte fast wie ein Quieken klangen.

Er zog eine Augenbraue hoch, die mit dem Piercing darin. Fast hätte Genevieve vor Verlangen laut geseufzt.

»Wenn wir erst offiziell Gefährten sind, kannst du nicht jedes Mal vor mir weglaufen, wenn wir ein Problem haben«, sagte er und stieß sich vom Geländer ab.

Sie wich zur Tür zurück. Er rückte nach.

»Wer sagt, dass wir Gefährten werden?«, fragte sie atemlos.

»Ich.« Er berührte ihr Gesicht. Lächelte. »Und du auch.«

»Du willst mit alldem doch nichts zu tun haben, Jean-Baptiste.«

»Womit? Mit der schwindenden Magie in deinem Haus?«

Sie wand sich.

»Genny, du hast recht, die Probleme haben unsere Grenzen überschritten. Aber es ist nicht nur deine Familie, die betroffen ist.«

Für einen Moment war sie nicht sicher, ob sie ihn richtig verstanden hatte. Was in ihrem Haus und mit ihren Großeltern geschah ... hatte er gerade gesagt, sie wäre damit nicht allein?

»Woher willst du das wissen?« Sie sah ihn eindringlich an und wollte sichergehen, dass sie jedes seiner Worte hörte.

Er strich mit dem Daumen über ihre Wange. »Weil auch in mir die Magie erlischt.«

»Was?«, fragte sie atemlos.

»Jedenfalls war das so. Bis du gekommen bist.« Er fixierte sie mit seinem Blick.

Sie schüttelte den Kopf. »Das verstehe ich nicht.«

»Schon seit langer Zeit war mein Puma unkontrollierbar. Er weigerte sich, eingesperrt zu bleiben. Sogar außerhalb der Wildlands.«

»Oh mein Gott.«

»Deswegen die ganzen Tattoos und die Piercings. Jedes davon ist mit Malachit durchsetzt, um den Puma zu binden. Es hat kaum ausgereicht, um mich bei Sinnen zu halten.« Er beugte sich vor und küsste sie. Sanft, zärtlich, liebevoll. »Aber du, meine wundervolle, schöne Genny, hast uns beide gezähmt.«

Die nächste Woge von Verwirrung und Schock erfasste sie. »Das ist nicht möglich.«

»Ich würde es auch nicht glauben, wenn ich es nicht

selbst gespürt hätte.« Wieder küsste er sie. »Aber Liebe und Chemie, Verlangen und Respekt können offenbar Wunder wirken.« Und noch ein Kuss. »Wir sind füreinander geschaffen, Genny.«

Das Hämmern in ihrem Herzen, die Angst, die Sorge und die Trauer ließen langsam nach. Er liebte sie. Er wollte sie. Trotz allem.

Oder vielleicht gerade deshalb.

»Die Ältesten haben mir gesagt, dass nur mein Haus betroffen wäre«, sagte sie, durchströmt von einem neuartigen Gefühl von Kraft und Stärke. »Sie haben gelogen.«

»Vielleicht nicht. Vielleicht wussten sie nichts von mir oder anderen, die sich schämen und heimlich im Verborgenen leiden.« Sein Blick wurde ernst. »Aber es ist Zeit, dass wir darüber sprechen, wir alle. Über das, was mit unserem Land passiert, mit unseren Pumas und unserem Volk. Damit wir zusammenarbeiten und eine Antwort finden können.«

Stolz überkam Genevieve. Genau das hatte sie von den Ältesten erwartet. Sie hatte Teil von etwas Größerem sein wollen. Von etwas, das allen Pantera helfen würde, einschließlich ihr selbst und ihren Großeltern. Jean-Baptiste hatte recht. Die einzige Möglichkeit, den Grund für die erlöschende Magie an den Grenzen und innerhalb der Wildlands zu finden, war, als ganze Spezies zusammenzuarbeiten.

Als die Pantera.

»Komm, meine Gefährtin«, sagte er mit einem Knurren.

»Du hast mir noch nicht mal deine Prägung verliehen«, neckte sie ihn, als in ihrem Blut eine inzwischen vertraute Hitze aufwallte. »Ein bisschen übereilt, mich deine Gefährtin zu nennen, findest du nicht?«

Er grinste, und bei dem Anblick bekam sie weiche Knie.

»Lass uns reingehen, Genny«, sagte er. »Auch wenn wir im Herzen schon verbunden sind, will ich deine Großeltern um Erlaubnis bitten.« Er verzog das Gesicht. »Hoffentlich finden sie mich nicht zu beängstigend.«

Sie fasste seinen Hinterkopf und zog ihn zu sich, damit er sie küsste. »Sie werden dich lieben. Genau wie ich.«

Er küsste sie wild und hungrig. Nach ein paar Sekunden zog er sich zurück, öffnete die Fliegengittertür und wollte gerade mit ihr ins Haus gehen, als sein Handy klingelte. Er warf einen kurzen Blick auf das Display und fluchte.

»Entschuldige, *ma chérie*«, sagte er. »Es ist Raphael. Und nach dem, was gerade in der Klinik passiert ist, muss ich da rangehen.« Er hieb auf die Taste. »Was ist, Raphael?«

Genevieve beobachtete ihn, während er schweigend dem Anzugträger am anderen Ende lauschte – dem Anzugträger, von dem Genevieve hoffte, dass er sie wieder in die Reihen seiner Fraktion aufnehmen würde. Als Jean-Baptiste auflegte, war der fröhliche, charmante Mann verschwunden, der sie gerade schwindelig geküsst hatte. An seiner Stelle stand ein Mann mit großen Augen und gebleckten Zähnen, der im Begriff war, sich zu verwandeln. Knurrend und fluchend schüttelte er sich, und Sekunden später hatte er seine Menschengestalt wieder angenommen.

»Jean-Baptiste.« Behutsam legte sie die Hand auf seinen Arm. Sie war besorgt und ein wenig ängstlich – nicht seinetwegen, sondern wegen dem, was er gerade erfahren hatte. »Was ist passiert?«

Er hob den Blick und sah ihr in die Augen. Schwarzer Zorn glitzerte in seinem bernsteinfarbenen Blick. »Ashe ist aufgewacht. Außerdem wurden die Personen festgenommen, die für den Angriff auf sie verantwortlich sind.« Er senkte die Stimme zu einem bedrohlichen Flüstern. »Offenbar haben wir Verräter unter uns.«

Ende

Zwei neue magische Liebesgeschichten gibt es in:

Mystery

Düster! Erotisch! Unwiderstehlich!

Diese Ladies haben keine Angst im Dunkeln: Die Mystery-Starautorinnen des Heyne Verlags schicken ihre Heldinnen und Helden ohne zu zögern in die finstere Welt des Zwielichts. Denn dort erwarten sie die gefährlichen, romantischen Verstrickungen der Nacht ...

J. R. Ward
Black Dagger - Nachtjagd
978-3-453-53271-7

Coreene Callahan
Feuer - Tödliches Verlangen
978-3-453-31457-3

Heather Killough-Walden
Engelssturm - Uriel
978-3-453-40929-3

Kim Harrison
Blutspur
978-3-453-43223-9

HEYNE

Leseproben unter **heyne.de**